书房一世界

冯骥才／著

作家出版社

书房说

（自序）

　　作家之特殊是有一间自己专用的房子，叫作书房。当然，有的作家没有，有的很小。我过去很长时间就没有，书房亦卧房，书桌也餐桌，菜香混墨香，然而很温馨。现在已然有了，并不大，房中堆满书籍文稿，但静静坐在里边，如坐在自己的心里；任由一己自由地思考或天马行空地想象，天下大概只有书房里可以这样随心所欲。

　　这是作家的一种特权。

　　书房不在外边，在家中。所以，大部分作家一生的时间注定与自己的家人在一起。然而，作家的写作很少与自己个人的生活相关，因为他的心灵面对着家庭外边的大千世界，扎在充满各种烦恼的芸芸众生与挤满问号的社会里。这温暖的书房便是他踏实的靠背，是他向外射击的战壕。因此，对于作家，惟有在书房里才能真实地面对世界和赤裸裸地面对自己。这里是安放自己心灵的地方，是自己精神的原点，有自己的定力。

由于作家的书房在自己家里，作家的家就有特殊的意味：生活的一半是情感的，书房的一半是精神的。当然，情感升华了也是一种精神，精神至深处又有一种情感。

如果一个作家在这个书房里度过了长长的大半生，这书房就一定和他融为一体。我进入过不少作家的书房，从冰心、孙犁到贾平凹，我相信那里的一切都是作家性格的外化，或者就是作家的化身。作家绝不会在自己书房里拘束的，他的性情便自然而然地渲染着书房处处，无不显现着作家的个性、气质、习惯、喜好、兴趣、审美。在那些满屋堆积的图籍、稿纸、文牍、信件、照片和杂物中，当然一定还有许多看不明白的东西，那里却一准隐藏着作家自己心知的故事，或者私密。

就像我自己的书房。许多在别人眼里稀奇古怪的东西，再普通不过的东西——只要它们被我放在书房里，一定有特别的缘由。它们可能是一个不能忘却的纪念，或许是人生中一些必须永远留住的收获。

作家是看重细节的人。书房里的细节也许正是自己人生的细节。当我认真去面对这些细节时，一定会重新地认识生活和认识自己；当我一个一个细节写下去，我才知道人生这么深邃与辽阔！

所以我说书房里是一个世界，一个一己的世界，又是一个放得下整个世界的世界。

世界有无数令人神往的地方，对于作家，最最神之所往之处，还是自己的书房。异常独特的物质空间与纯粹自我的心灵天地。我喜欢每天走进书房那一瞬的感觉。我总会想起哈姆雷特的那句话：

"即使把我放在火柴盒里，我也是无限空间的主宰者。"

2019.6

于心居

目 录

文人的书房大都有个名字，一称斋号，我亦然。

古来一些文人作品结集时，常以自己书斋的名字为书名。如蒲松龄的聊斋、刘禹锡的陋室、纪昀的阅微草堂、陆游的老学庵、梁启超的饮冰室，等等，这例子多了。由于他们作品卓绝，书房之名随之远播，世人皆知。毛泽东的事情不在书斋，自己也很少提及，所以他的菊香书房知之者不多。张大千总把大风堂写在画上，这堂号便威风天下。我去台北大千故居看了看这大风堂，不过一间普通画室，并无异象，远不如他的后花园面山临溪，怪石奇木，意趣盎然。显然由于他的画非凡，才使得他这间普普通通的大风堂，似亦神奇。

我的书房虽有名号，最初却没有一间真正独立的书斋，写写画画一直与吃饭睡觉混同斗室一间，亦睡房，亦饭堂，亦画室，亦书斋。那时我虽然给

丁香尺

　　我书桌上有一对镇尺，长八寸，原木本色，不着漆，亦无任何雕饰，这是好友张宗泽先生送给我的。他偶得一块丁香木，质好色正，径粗且直，这么好的材料很少遇到，便特意为我做了一对镇尺。他知道我性喜自然，不爱刻意雕琢，故只把木头裁成两根尺余木条，没有任何雕工，线条却极规整。此木有香气，香味殊异，清新沁人，故不上漆，以使香气散发。每每拿它压在笺纸上，伏案写字，香气悠然入鼻，感觉有点神奇，似有仙人飘然而至。因写了两句话，请宗泽分别刻在这一双镇尺上。曰：

　　　　水墨画案丁香尺，
　　　　茅草书斋月光心。

　　宗泽为津东芦台镇人。芦台自古为画乡，人颖悟，多才艺。宗泽是当地工艺公司一员小干部。"文革"后期，我工作的书画社恢复了仿古绘画，一时找不到手艺好的装裱师傅。后来打听到芦台有一位裱画高手，曾在北京荣宝斋干活，便跑到芦台，结识到这位管理手工艺行业的张宗泽。他人朴实厚道，腼腆缄口，喜欢书画，尤好木雕。常在一块木疙瘩上随形雕出许多奇山秀水、怪石异卉、鬼魅神灵，形象灵动又浪漫。我问他出于何种构思，他说信手拈来，一切听凭自然。他还擅长木雕

中间是丁香尺，右为留青竹雕臂搁，左为日本竹节镇纸

书法，能将书法笔画的神韵刻出来。我喜欢这位天生有禀赋的乡间才士，因与他交往数十年，其中自有许多真情实意的小故事。比方我当时出差到芦台，夜宿一家小店，他来看我，闲话间忽跑去给我打来一盆热乎乎的洗脚水，给我解乏。这叫我至今想起心中还会再生感动。于是，这对镇尺一直放在书桌上。更多的不是应用，乃是个中的情味。

应用的东西，没有了可以再找。若是上边附着了一些故旧的情意，虽然普通，却不会丢掉。

我的书房两面开窗，一朝南，一面西。南窗大而阔，西窗小如洞。显然这房子的建筑师，为了防止西晒太热，故意将窗子开得很小。在我刚搬进来之时，友人建议我堵上这窗户。因为夏天里西晒炽热，窗子再小，阳光直入，也一定会增加书房里的热度。

可是到了秋天，日头变得温和，倘若堵上这扇小窗，岂不拦住了美丽的夕照进入屋中？于是我留下这小窗。

一天，在一位潘姓的朋友的木器店中小坐。这位潘先生颇精古代木器，此亦我之所爱。我家老家具中的上品，一半来自他这小店。他的店名还是我给起的呢，叫作"古木香"。这天与他闲话，谈起我的小窗，他忽起身去拿来一扇花窗，原木素色，包浆厚润，气韵幽雅，一眼便叫人生爱。初看花格简洁精整，细看却不简单，图案里藏着许多"学问"，竟是众多方形木格连环相套，而且每个方格的四角，都做双曲状，有如花瓣。潘先生说："这花窗是徽派大宅门的东西，二百多块小木条，全由手工切割的小木榫拼接而成。"他说这东西不可多得，他也只有一片。他叫我拿回家试试，如果我的小窗能用上便再好不过。

我拿到家中一试，居然尺寸正好，上下左右竟然全部严丝合缝！天作之合？我在电话里把这匪夷所思的奇迹告诉潘先生。他却说这一定是我三百年前在徽州定制的。

这话也等于告诉我，这老窗扇是遥远的清初之物。

我的书房不仅多了一件精美的古物，还多了一扇美妙的小窗！我依循古人的办法，在窗扇背面贴上皮纸。温州皮纸绵密柔韧，透亮却隔光，而且隔热。每当夕照临高，雪白的皮纸变得金红明亮，如照巨灯。窗格之影宛如墨画一般，印在窗纸上，美丽又奇异。这样的书斋奇景，是天赐还是人间事物的巧合？

更神奇的是，我这西面大墙外，树林繁盛，树中居住着一些蓝背白肚、修长的山喜鹊。我这小窗居高临下，又从不打开，日久便有山喜鹊飞来，站在窗外的窗台上四下观望，偶尔叫两声，其声沙哑。外边光强时，把它们的影子清晰地照在窗上。鸟影在窗上走来走去。我用手指轻轻敲窗，它们不怕，好像知我无害，并不离去。我若再敲，它们便"嘚、嘚"以喙啄窗，似与我相乐。

小窗夕照时

这样灵气的小窗，谁的书斋还有？

杯中泥土

在澳大利亚墨尔本一个华人家里做客，他柜子上放着两样东西引起我的兴趣：一只玻璃杯，里边是土；一个玻璃瓶，里边是水，瓶盖用白蜡封着，防止蒸发。我问主人这是什么。他说他是移居澳洲的台湾人，心怀故土，因带来家乡的泥土与河水。我听了很感动。

有情怀的举动，总能叫我感动。

壬申年（1992）到自己的老家宁波慈城举办画展时，受到家乡亲人真心爱惜，深感于心。特别是父亲出生的房子与院落犹然还在，叫我分外欣慰。那时正要给父亲迁坟。我忽地想起澳洲那个台湾人的举动，遂在当地的瓷器店买了两只淡茶色的杯子，与同来宁波的儿子冯宽在祖居的菜园中挖了两杯泥土，带回津门。一杯在父亲迁坟下葬时，摆放在父亲骨灰盒边，以示"入土为安"；另一杯拿到书房里，先把书架一格的图书腾出来，再将这杯老家的泥土恭恭敬敬地放上去，如同供奉。

我的生命来自这泥土，有它，我心灵的根须便有了着落。

故土

王梦白

别人的书斋墙上有画有字，我没有，我四壁皆是书架，放满了书。然而，我在北边书架上端钉一枚长钉，每年农历腊月底必将一轴画挂上，便是王梦白的《岁朝清供图》了。

古人将岁时室内摆放的盆花、瓜果、文玩之类，称为"岁朝清供"。

此幅画随意又松弛。窄长一条，仅花两盆。上为方盆，有梅一桩；下为圆盆，植满水仙。上边老梅的主枝向下垂倾，下边的凌波仙子举首相迎，上下呼应，使得画面颇有情趣。

红梅采用老辣的没骨点染，水仙使用流畅的白描勾勒，两种笔墨相互对照，又彼此搭配，这是此画又一高妙之处。看得出王梦白作此画时，随性又精意，兴致甚浓是也。

落款是丁卯年，应为1927年。先生名云，字梦白，生于浙江衢州，才艺颇高，有些孤傲，一时为

王梦白《岁朝清供图》

京津名家。可惜只活了四十六岁。这画是客寓他乡之作，画上钤印四方，右下角的印文为"天涯浮白"，天涯即远方，浮白为酹饮。不知画家此刻浪迹何方。特别是此画写明"作于除夕之日"，上面的题诗更有意味。诗曰：

客况清平意自闲，
生来淡泊亦神仙。
山居除夕无他物，
有了梅花便过年。

我喜欢这种岁时情感的表达，既深挚，亦自然。故我年年的腊月底，必将它悬挂书斋，以贺岁迎新。

小药瓶

一段时间，我曾把一个长方形的小瓶，拴在台灯拉链的下端，作为链坠儿。每逢开灯关灯时，便会把它光滑地抓在手里。这是个老瓶儿，包浆肥厚，光溜滋润。

这小瓶仅一寸高，四分宽，二分厚，灵巧可人。它原本是装祛暑丹的小药瓶。人到夏日，衣衫单薄，此瓶要随身携带，故小。其更可爱之处则是瓶上的图画与文字。小瓶两个侧面都写着楷体朱色文字。一侧面写着药名"除瘟祛暑丹"，一侧面写着店名"北平德寿堂"。小瓶的正反两面各画着一怪人头像，同一图形，釉上彩，形象十分古怪。经人指点，方知这头像颇有些奥妙，小瓶立着看是一张面孔；倒立过来看，立即变成另一张面孔，模样全然不同。立看这人满头金发，身着黑领红装，头饰绿叶，好似豪门仆役；若把小瓶倒过来，这人的西装便成了另一人头上高高的帽子，一头金发成了另一张脸下巴上金色的卷须，有如一位爵士。立着看时的颈饰倒过来，神奇地变成一副小圆眼镜。这小药瓶原来如此妙趣横生。

以今天的眼光看，瓶上这滑稽可笑的人物，无疑是民国早期北京人眼里的洋人形象。如此小瓶，挂在我书桌那盏老式绿色玻璃的台灯罩下，颇有一种民初时期独特的风情呢。

这药瓶底部竟然还有年款。上书四字：癸酉年制。应是1933年，正是这个坐落在京都珠市口德寿老店的创建之时。

立放倒置，各呈一像

楹联

　　我书房中，第一眼看去，三样东西同时进入眼帘：一是书，二是书桌，三就是这对木制楹联。两块老木板上各写了一句话：

> 司马文章辋川画，
> 右军书法少陵诗。

　　这副联是名联，被人常用，并不新鲜，但它以司马迁、王维、王羲之、杜甫这四位旷古绝今的大家，把诗文书画全放进去，也将书斋里文

人的全部事情明明白白全说出来，构思够巧，也大气。尤其这四样——诗文书画我全做，于我再合适不过。

可是，我这楹联并不讲究，不过两片松木板，浅刻涂漆，朱底墨字，既无名款，也无年号；由于历经久远，漆皮皆已无光，还大多脱落，许多地方尽显木头本色。挂楹联的铁环，式样古朴，却缺失左边一只，勉强用一团铁丝替代。显然它绝非出自高贵门庭，乃来自一位乡野寒士之茅草书斋是也。

我却喜欢它字写得圆厚饱满，有大明气象，故一切遵从老楹联的原本模样，连代替挂环的烂铁丝也照旧未动。于是，一种草莽间悠远的历史气息就来到我的书房了。

架上的书

我要我的书房"四壁皆书"。故而房中除去门窗,凡墙壁处,皆造架放书。书架由地面直通屋顶。我喜欢被书埋起来的感觉。

书是我的另一个世界。世界有的一切在书里,世界没有的一切也在书里。

过往的几十年里,图书与我,搅在一起。读书写书,买书存书,爱书惜书,贯穿了我的一生。我与书缘分太深,虽多经磨难,焚书毁书,最终还是积书成山。我把绝大部分图书搬到学院,建一个图书馆,给学生们看,叫作大树书屋;还有一部分捐到宁波慈城的祖居博物馆。我已弄不清自己到底有多少书了。留在家里和书房里的只是极少一部分,至少也有数千册。应该说,能被我"留下"的书,总有道理。比如常用的书、工具书、怕丢的书,还有一组组不能失群的书,比如敦煌图书、地方史籍,还有"劫后余书"和自己喜欢的中文名篇的选本和外文名著的译本。其中一架子书，全是自己作品的各种版本。背靠南墙的书架格距较大，用来放开型较大的图典、画集和线装古本。

文人的书架与图书馆不同，大多分类不清，五花八门，相互参错。我对自己不同种类的书，只是大致有个"区划"而已。写作的人都随性，各类图书信手堆放，还有大量的资料、报刊和有用没用的稿子混杂其间。

然而书房不怕乱，只要自己心里清楚，找什么不大费劲就好。

书房正是这样乱糟糟，才觉丰盈。像一个世界那样驳杂、深厚，乃至神秘。

书房里的快乐，除去写作，就是翻书了。只有在翻书时才会有一种富有感。书架上的书并非全看过，有的只有略略翻一下，有的得到之后，顺手放在架上，过后就忘了，有的即便翻过也记不起来。惟其这样，每每翻书都会有新的发现、新的感受，甚至新的惊喜。哎哟，我还有这么一本好书呢！这便从书架抽出来看。

老书如老友，重新邂逅，会有新得。经多世

事，再看唐诗，总会从原先忽略的诗句中找到一些动心的感受或触动时弊的启示。

我的书不只在书房。任何房间，到处皆书，图书在我家纷纷扬扬，通行无阻。它们爱在哪儿，就在哪儿；我随手放在哪儿，它们就在哪儿。但只要被我喜欢上的书，最终一定被我收藏到书房里，并安放在一个妥当的地方。如果不喜欢了，便会在哪一天清理出去。逢到此时，便要暗暗嘱告自己：写作不可轻率，小心被后人从书房里清理出来。

我的书架上有一类书很特殊，它们在我心中地位特殊。它们属我个人藏书史的第一代，与我相伴至少五十年。

书有两种年龄，一种是它的出版时间，还有一种从它进入我的书房算起，这种书应是我青少年的朋友；凡我经过的，它们也全经过。从"文革"毁书到地震埋书，它们和我一起从中幸存下来，也称得上是一种奇迹。

然而如今书房中，这两种年龄的书早已混杂一起了。惟有一种书可以从书架一眼看到。大多十分老旧，自制的封皮，有的用各色的纸，有的用的是蓝布。这些书在"文革"毁书时，怕被焚烧掉，故意撕毁封皮或拆散，扔在地上，好似废书，过后急忙捡拾起来，重新装订。比方查良铮所译普希金的《欧根·奥涅金》被我自己扯去了封皮，过后则用一个结实的纸夹板，特制一个"精装"，还自绘了

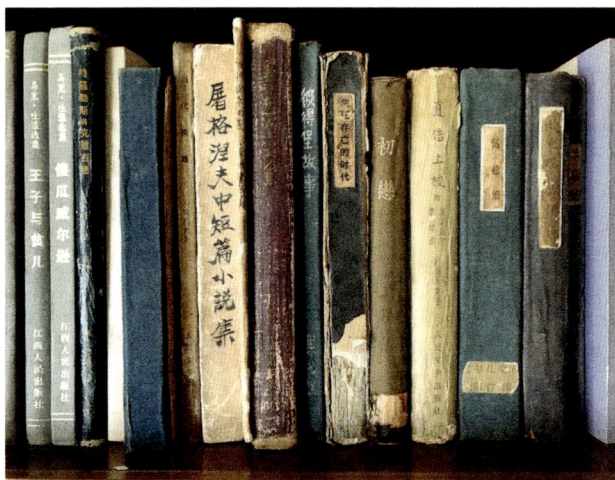

封皮，蛮漂亮。至于巴尔扎克的一些小说，采用穿坏的衣服裤子，裁下一些布块，制成看似挺讲究、深蓝色、布面的"冯氏版本"。这些书一直立在我的书架上。由于当年书荒，分外爱惜，这些书都是读又再读，以至书中一些好的句子与段落都会背了。它们在我心里的分量远远超过了书的本身。

　　这类"劫后余生"者，还有两本尤为我珍重。此乃我青年时与妻子同昭交友时相互第一本赠书。那时我们一起学画。我送她一本书是朱铸禹编著的

《唐前画家人名辞典》，扉页上至今还保留当时写的几个字："昭，熟读它！"这行字留下当时我们对绘画的热爱与勤奋之心。她送我的则是叶尔米洛夫的《契诃夫传》。那时我迷契诃夫，没钱买下这本书，她悄悄买了。她来我家时，趁我没注意，悄悄放在我的桌上，她走后我才发现。她喜欢做一件使你高兴事时，却不声张，而是放在那里，让你自己发现和惊喜。这本书还留下了她的性格。

有了这些书，我的书房自然与他人不同。

节日风物

节日的风物是时令性的，如同花朵，到时便开，一年一次，不曾相违。每当这些风物出现在书斋，一准会给我带来一种熟稔的风情。

清明时插在书架上的柳枝，带着春天照眼的新绿，此刻又好似从一排书中间生长出来的那样。到了端午，门前还是要悬挂辟蚊虫的艾草。这气味如年夜里燃放鞭炮的气味，立即使我生出惟端午才有的情味。我曾在《小雨入端午》那篇散文中还提到一种"老虎搭拉"。昔时每逢端午，挂在孩儿背上的一串布艺的小物件。它通常顶端是一只阳刚十足、金黄色、龇牙咧嘴、辟邪的老虎，下边的物件是象征吉祥的寿桃、宝葫芦、娃娃、柿子、白藕，打扫秽物的扫帚簸箕，再就是蜈蚣、蝎子、蟾蜍等"五毒"了。前些年每逢端午时节，偶尔在街头还能碰到卖这种老虎搭拉的老人，现在很难找到。幸好我收藏几串老年间的老虎搭拉，都是昔时擅长女

清代的老虎搭拉

红的婆娘们做的，每件手指肚大小的物件都缝制得精致，风趣生动。所用的材料都是她们干活时的"下脚料"——小纸片、碎布头、各色线头，用在这里却五色缤纷。到了端午，我必要将它挂出来的。还会用手机拍下来，发送给好友们，共同感受一下传统的佳节与佳节的传统。

中秋之日，兔儿爷一定会出现在我的书架上。七夕时还要摆出一两件"磨喝乐"来。磨喝乐是宋代一种泥塑小摆件，经火烧成红陶。形象多为妇女和儿童。七夕供磨喝乐是宋代盛行的古俗，如今早已绝迹。然而宋人这种雕塑小品写实、细致、清雅、精工，今天已成文物。最初摆出来只是想感受一下宋人的七夕风习。年年如是，竟成了我个人一直在"坚持"的一种"古俗"。

至于岁时的风物，向例很多。我年年书房的窗上都会出现老四样：窗上的吊钱，桌上的水仙，王梦白的《岁朝清供图》，还有小福字。有了窗外白花花繁密的飞雪的衬托，窗上垂挂的大红吊钱便会分外好看；室内无风，水仙也会阵阵散香；福字多是自书，自求多福。

我的藏品甚多，流动亦大，常常会把一件新得到的好玩好看或意味特殊的东西拿进书房，兴之所至，放在一处。或是心血来潮，把哪一件东西移至他屋，另组新意。凡长久留在书房里的藏品，一是精小，二是含有深意。

板凳佛为早期佛教造像，兴于北魏至隋，为信奉者随身携带，便于礼佛。它们的尺寸都很小，两寸左右，先铸后刻，佛多立像。基座为四脚方基，大背光，形制高古俊美，为造像藏家之所爱。

我书房这板凳佛，身不及寸，形简神足，头戴高冠，长衣飘逸，生动异常。左手做施无畏印，右手做与愿印。背光高耸，气势峭拔。上刻莲花纹及火焰纹，更富活力。基座三面刻字，刀法疏简大气。字曰：

　　"开皇□年二月□□佛弟子张罢□□□□□□□像一区。"

板凳佛

三十年前得此佛时，能辨认出的文字还要多一些，未料今日已有多字漫漶，甚至消泯，何故？我平日很少动它，字迹缘何不见痕迹？物质的消损竟然也这般厉害，铜刻石凿也不能永久？

隋开皇年间的板凳佛

十多年前，忽有灵感，将我书房的南墙推开，大兴土木，在阳台上搭起一间木屋，并与侧面一条长廊连接起来，植木栽草，摆上一些心爱的艺术品与古物。从此便时常到这条长长、优雅、氧气充足的廊子上散散步，欣赏一下古物之韵致，以及草木之蓬勃与鲜活。由于这里与书房相通，故我称之为连廊。

天津这里华洋杂处。我自小一直生活在租界地区，到处可以见到这城市早期洋人的遗存，不论在街头上还是居舍内。这便使我有兴趣将自己这方面的收藏——壁炉、鎏金的烛台、雕塑、圣像、油画、马刀、帆船模型、鹿角、兽皮、壁毯，等等，在连廊上布置出一个具有百年前租界时代气息独特的空间，就像我在《单筒望远镜》中描写的莎娜的家。只要从书房进入连廊，便进入这样的氛围里。

然而，在这里不仅仅是一种唯美的异国情调，

连廊

还放着一些东西，便是近二十多年文化遗产抢救中，从那些无力保护而被拆除的租界建筑中，捡回的一些被遗弃的构件，放在这里，留作纪念。

比如马家口教堂顶上礅形的刻花石雕。这种建筑构件只有在欧洲才能见到。

比如维斯理堂的红砖门柱，尤为动人。

1913年美以美会建造了天津最大的基督教堂——维斯理堂。1966年废止，1979年恢复，1996年为兴建商场而拆除。这座英国式的建筑纯用一种朱红色的小砖砌成，每日黄昏，夕照里异常明媚，周围许多老树的树影婆娑其上，十分优美。我曾设法劝说官员留下这座历史建筑，未能成功。拆除中，被推倒的门柱扔了一地。其中那种用弧形的红砖砌成的圆柱异常独特，我便搬来一截留作纪念。但后来我发现，自己这样做，非但不会使自己得到安慰，反而更加失落。

再比如，我在连廊一面墙上，装一个木刻的壁炉罩。古朴又典雅，制作相当精工。我知道它确切的年份——1904。

它原在租界小白楼地区一横排式样一致、尖顶、两层的小洋楼里。这排房子在原美租界西端，紧挨着起士林饭店，远看很漂亮。1949年前住户多为洋人，以白俄居多。这排洋房最北边一幢山墙上，用水泥塑出它的建造年号——1904年。庚子事变前天津

力。那张老书桌却并未丢弃，放在另一间屋，偶尔也用。我对老东西总有一点依恋。

然而新世纪里，我对那些从文化遗产抢救中获得的大量田野资料的整理，以及繁重的理论准备，全要由第三张书桌承担了。

2016年，我老家宁波慈城的"冯骥才祖居博物馆"建成，需要我捐一些东西。我除去捐了自己珍藏的祖上的遗物、老照片、个人的书画、文房具、手稿等物之外，决定再捐上自己所使用的书桌，遂搬去桌上与桌内的杂物。当眼看着这相伴多年的书桌，将离我而去，心有所动，遂在抽屉的底板上写下一段文字：

"此书案于1998年搬入新居所购。自2000年启动中国民间文化遗产抢救工程至今，所有文字皆出于此，小说《俗世奇人2》亦作于此。它与我相伴十五年，情分尤深。我所感所思，它有动乎中。此非无情物，应是我知音。"

然而，在搬运书桌那日，来帮忙的一位友人对我说，我原先使用的那张民国的老桌子，似乎更与祖居的时代接近，气质亦更搭配。我想了想，认同他的看法，便在最后一刻，走马换将，把我那个新时期文学的战友——第二张书桌送给老家；将我这个文化抢救的伙伴——第三张书桌留在身边，共享书斋中未知的未来。

书房的音乐

音乐是书房无形的精灵，它和我的写作相伴相随。

音乐舒缓写作的疲劳，带来宁静，惹动情绪，唤起敏感，更重要的是给我的写作一种必需的感觉与氛围。

每写一篇东西，这东西里边总有一种特定的感觉，我便要去找一个与它情味契合的音乐，作为写作的背景。当我进入写作的感觉，同时也进入音乐的感觉，这两种感觉不知不觉融为一体。一旦写作被什么事中断，过些时候要回到写作时，只要打开这音乐，文章里那种特殊的感觉便会立刻回来。就像我们一听到八十年代的音乐，立即会回到八十年代生活的情境里。音乐的效应真是极其神奇。

然而，写作时所听的音乐与平时听的音乐完全不同。平时听音乐时，音乐是上帝，你没有自己。写作时听音乐，音乐是你的恋人，你有时忘了它的存在，它却始终与你相伴相随，维持着你写作时心里一种特定的氛围。

贝多芬的《第九交响曲》、德沃夏克的《新大陆交响曲》乃至施特劳斯都是无法在写作中来听的。它们太自我，只会破坏写作。贝聿铭也说，他也有在不同场合听不同音乐的习惯。工作时他认为肖邦更适合一些；在需要消遣时，他常听瓦格纳和马勒。

我甚至不太在乎与我写作"神交"的音乐的曲名。最近我写《单筒望远镜》时，书房里一直响着的那深情中略带一些伤感的乐曲，在近三个月的写作期间，它像一种神奇的液体，浸入我小说的情境和人物不幸又无辜的命运里。然而它的曲名，直到写完了小说才知道，竟然是一位西班牙人演奏的莫斯科奥运会闭幕式的主题曲——《告别莫斯科》。

对于我，自从写完《单筒望远镜》，这曲子已不再属于奥运会，只从属于我的文学。

我有一台老式音响，可以听光碟，也可以听卡式录音带。还有一个小柜子，塞满我喜欢的光盘和录音带。虽然我现在改用了更加便捷的手机和蓝牙音箱了，但这小小的黑色山水牌的音响依旧放在书架上。它曾与我的写作相伴多年，给了我那么多灵性的帮助，我怎么会丢弃它呢。

　　它已是我书房的一件文物。

钢笔曾经是作家们心灵的工具——我曾称它为"心之具"，但现在它几乎变成一种书房文物了。

我曾换过无数钢笔。我依恋旧物，一些不同时代使用的旧钢笔被我放在一个老铅笔盒中保存着。英雄笔、派克笔、百乐笔，在钢笔的时代，最后为我供职的是一种德国名笔万宝龙。

初识万宝龙非常意外。

那是1989年4月去德国访问，在北京机场，一位与我当时年龄相仿的四十多岁的男子过来说，他是我热心的读者，喜欢我的书。我们交谈一会儿，分手时他忽说应该送我一点东西做纪念，他想了想，忽从胸前口袋拔出一支很漂亮的黑色钢笔给我，他说这是他新买的，说要送我，一时弄得我不知所措，不管怎么谢绝他，他都执意要送，而我的书都托运了，身上没什么好回赠。我受之有愧。那时没有手机，不能拍张合影留念。我便把自己家里

万宝龙笔

为我立下汗马功劳的笔

的电话留给他，请他与我联系，回来后寄书给他。

他与我告别后，走了几步，回过头告诉我，这是一支名笔，很好用。当然，这使我更不好意思。

在飞机上，我看了看这笔，笔杆较粗，制作很精，有一种厚重感和高贵的气质，笔帽顶端还有个很特别的白色标志，看似一朵奇异的花。但我对这支笔一无所知。到了德国，给人看到，才知这竟是德国出品的名笔——万宝龙，笔帽上端的"白色的六角星"，表示欧洲最高的山峰勃朗峰的白雪皑皑的峰顶，价钱十分昂贵。这就越发觉得没理由接受人家这支笔，更使我无奈的是这位赠笔的先生没留地址给我，过后也再没有电话打来，大概他怕打扰我。

这样的读者令我感动，却无以回报。无法回报的事才会叫你长久记得。

这支笔太好用，流畅，润泽，笔迹好看。从此，我使了十多年。虽然后来万宝龙笔作为世界名品进入中国，也有人作为厚礼送我。但我一直使用这支，用熟的东西总不会随意更换。我人太马虎，最容易丢东西，故而这支笔我从不带在身上，始终叫它与书斋长相厮守。直到本世纪初期，我改用iPad中文指写，渐渐才放下了这支笔。

2013年万宝龙国际集团向我颁发"致敬于推动文化艺术发展的人物和作家"的奖杯。那天搞得很热闹，郎朗还来演奏钢琴祝贺，万宝龙公司总裁特意从柏林飞来，赠送给我一支特制的、十分考究的、闪闪发光的万宝龙笔。我便从口袋拿出一个纸盒，从中取出这支写了几百万字、模样有些老旧的万宝龙笔给他看，讲了我和万宝龙这段缘分。

于是，这相隔二十多年的一老一新两支万宝龙钢笔，都成了我书房的藏品，有时拿出来看一看，含意不同，意义相同。

野鸟

我书房中常有鸟，非我所养，乃是野鸟。

我书房外的连廊，是用木头搭建的。日子一久，檐角张开，便有些小鸟飞来筑巢。连廊上草木繁多，鸟儿们误以为是它们玩乐的地方，便从檐下的裂缝钻进房来，但这些误入房中的鸟儿很快就会惊慌失措，大声尖叫，失魂落魄地飞来飞去。如果是雏鸟，它们的叫声又尖又细，充满恐怖，它们的父母便会在外边着急地呼叫，可是这些鸟儿是很难从原来的入口飞出去的。这一来，就要我动手去捉，捉到之后开窗放去。屋中捉鸟是很难的，东西太杂，常常撞得东翻西倒。这种事年年都有几次。我曾用棉布把檐下的裂缝堵住，可不久又被鸟儿们啄开。难道他们也喜欢我的书房？

我便不再去堵房檐的裂缝，它们想来就来，来了就任它们飞一阵，然后捉住，开窗，放去。

一次捉到一只雏鸟，抓在手里。我用手指点

着它毛茸茸的小脑袋说："记住了，你要再来，就别想你爹妈了！"它哪里能听懂我的话，一双圆圆的小眼睛看着我，闪闪发光，天真可爱，惹得我亲了它一下，放它飞去。这样，我书房的野鸟日见多了起来，有一天早晨听到书房里叽叽喳喳地叫，过去一看，居然有两只鸟儿，边叫边飞。我朝它们喊了一声："你们要翻天了！"

　　还有一天，我发现书桌的稿纸上竟有鸟屎。

　　我笑了。这种野趣哪里去找？

被我捉住了

可是，一天清扫房间时，我从一个大花盆的后边发现一只死鸟，大概死了多日，已经又干又硬。不知它哪天进来的，怎么没见它飞、没听它叫呢？多半是我出门在外时，一连几天，它没吃没喝，又渴又饿，走投无路，死去了，样子很可怜！于是我请来装修师傅把连廊的屋顶檐边好好修补一遍，所有裂缝全部严严实实堵好。

从此，屋里再无飞鸟。这一来，我却又觉得发空，好像失去了什么。

拆信的感觉很特别，每封信里都像封着一些不知道的事，急于拆开一看。拆信刀便是书房的必需品。

拆信刀往往还是一种别致的文人相赠的小物品，故我有多把，其中两把，堪称爱物。这两把拆信刀都是从海外带来的，都是铜的，都带着一点特别的意味。

一把是1985年，聂华苓邀请我和张贤亮赴美参加爱荷华国际写作中心，在美四个月，其间游访马克·吐温故居。此地在密苏里州的汉尼堡，是密西西比河上一个有点繁忙又有点散漫气质的港口小城。那里保存着马克·吐温故居、老街、昔时风物和相关《汤姆·索亚历险记》及一些小说中描写过的不少细节。我和贤亮还代表中国作协，向故居管委会赠送一套由翻译家张友松先生译的《马克·吐温作品集》。这套书给他们增添了一份骄傲。我少年时痴迷马克·吐温，甚至效仿汤姆·索亚和哈克贝利·费恩调皮捣蛋，闹出一些笑话，带着这种少年的记忆在汉尼堡游访便十分尽兴。临走时想带走一点纪念。在有历史意义的地方最好是带走一些真正的历史遗物。我的运气真好，在一家小古董店碰到这把拆信刀。店主告我，马克·吐温是1910年故去的，很快汉尼堡就成为一个文化朝圣的小城，访者颇多，汉尼堡随即建起一座挺好的酒店，并以马克·吐温之名命名。在酒店经营了十五年时，特制了这种拆信刀作为纪念。时至今日，酒店不存，小刀成了历史，有了保存的意义。这小刀为铜制鎏金，金皮磨损大半，刀柄是一个象征美丽与勇气的独角河马的马首；刀面上清晰地錾刻着一行字，为：MARK TWAIN1927。

另一把拆信刀来自2013年。我在西欧（英法）游学中，特意沿着法国西岸北上，目的是看一看两个人类史最残酷的战

争遗址：二战的诺曼底和一战的索姆河。一战于1916年7月1日在索姆河打响，当天就有六万英军士兵阵亡。战争一直打到多雨又寒冷的11月结束。德国士兵伤亡五十三万人，英法联军七十九万丧生。那场百年前人类相互之间匪夷所思的凶烈而野蛮的杀戮，至今在那片大地上遗留着累累伤痕。我曾把这些考察的细节与痛苦的思考，留在此行归来所写的一本小书《西欧思想游记》里。其中一段文字与这把拆信刀有关：

"在广阔的索姆河战场的遗址上，至今仍不断有战争的遗物出土。在博物馆的纪念品店里居然还可以买到一些出土物品，如钢盔、布军帽、奖牌、刺刀、单筒望远镜、子弹和炮弹壳、折叠饭盒、眼罩和《圣经》，等等。这其中一把小小的拆信刀吸引了我。刀柄是一颗子弹，子弹头上切开一个小口子，插入一个用铜片制成的刀面，上刻一双花朵。显然这是一个心灵手巧的士兵在战争的空闲里自制的，用来裁开家信。它流露着这位不知名也不知国度的士兵对家人、对生活、对和平的期待。在那'烽火连三月，家书抵万金'的年代，这小小的拆信刀传递出那场战争的恶魔笼罩中人性的渴望。这小刀感动了我，我把它买下，带了回来，放在我书桌上。"

我这把拆信刀应是一个特殊的意味深长的"一战文物"。我想世界上再没有第二把这样的拆信刀了。

石虎

连廊小几上有一石虎，乃卧虎，黑褐色砂岩，半尺余，颇沉重。当年工匠乃一高手，取其形后，简略几刀，便刻出虎的姿态与神气，生趣又大气，令人想到霍去病前的石雕。卧虎姿态慵懒，却目瞪如灯。民间的虎皆有辟邪之意，即使卧着，也不会闭目睡着。

这种石虎多来自山西。山西人平时将它放在案头柜上，也可压物。人说砂岩不会包浆，此虎却如铜铸，包浆十分厚润，光滑可爱，全身最初刀斧之痕多已磨平，此乃长久摩挲所致，足见历史之久远。民间物品虽难断代，然至少应在五六百年以上。

放在桌上，看上去如布虎，有柔软感。闲时用手抚摸，柔和却清凉，手感极舒服，此等石器可谓罕见。

老照片

书房中少不了照片，多是拿来时随手立在书架上的，过后不知什么原因拿到什么地方去了。渐渐发现，在书房里立得住、立得最久的是老照片。老照片与新照片不同，新照片是记录，老照片是记忆。它已经成了记忆的载体，记忆着某个时期或时代的生活，它后边有一大片过往的生活与情感。它的内涵往往大于它的本身。

我书房中有大小四张老照片，已经立在那里至少二十年。

一张是母亲的。她今年一百零二岁。她近年一些照片和百岁照都存在我手机的照片库里，但立在书架上的却是她1945年的一张旧照。当时母亲二十八岁，我三岁，年轻母亲的清新与美丽都保留在这张照片上。

再一张是我与妻子同昭相识时她的一张照片。我喜欢，但那时几次向她要，她都不肯给。

　　还有一张是我和妻子同昭交朋友时拍摄的第一张合影。时间是1964年，我二十二岁。摄影师是一位聋哑人。圆圆的脑袋，和气又聪明。因为他听不见声音，用不上门铃，他便在自家门口装一个拉绳电灯。灯绳垂在门外，灯泡在屋内；外人来找他，在门外一拉灯绳，里边灯亮了，他就来开门——这是他的发明。他的审美力和拍摄技术都上佳。他是我们居住的五大道地区（旧英租界）大家公认的最好的摄影师，他不轻易给人拍照，能请到他拍照是一件荣幸的事。他使用一台老式的十六毫米德国蔡司牌相机，照片是方形的。拍照那天同昭很高兴，特意穿一条红色有细条纹的连衣裙。这裙子好像她

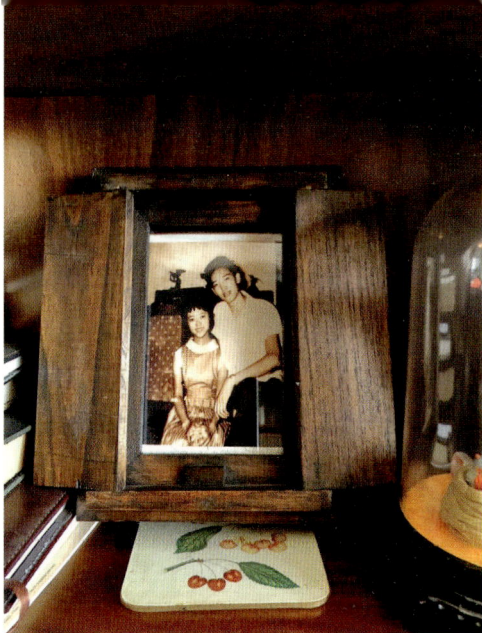

只穿过这一次。但那时没有彩色照片，红颜色到了照片上就变成黑色。从这张照片可以感受到我们在一起画画和交往那段岁月的无忧无虑。我那天高兴中还有点紧张，因为她与我交朋友已经两年，终于同意与我拍张合影照了，合影可是一种认可啊。因此，那天不管这位聋哑摄影师怎么朝我努嘴挤眼，我也笑不出来。

再一张是与儿子冯宽的合影。应该是1978年春天吧，儿子十岁。我曾写过一篇文章叫作《父子应是忘年交》，是说做父亲的总是把儿子当作儿时听话的儿子，不知道儿子在不知不觉中已长成独立的男人，需要你和他重新相处，建立起一个美好的"忘年交"的关系。但这张照片，儿子还在儿时，温顺、听话、需要保护，随时拉过来就可以抱一抱。我很怀念那个时候。那个时候不会再有了。因此，这照片便一直立在书架上。

我书架上有两件烟具。一是烟斗，一是皮烟盒。

烟斗放了四十年。它与我吸烟无关，与我的小说有关。《雕花烟斗》是我的第一篇短篇小说。当年它的英文版被一个意大利读者读到，这读者便托人辗转赠给我这个木刻的烟斗，显然这位未曾谋面的异国读者被我的小说打动。这种事对于作家当然很美好。我想，这个人可能是我"最早的外国读者"。小说是在书房里写的，因此它成为属于我书房的一个小小的纪念品。

另一个烟具——皮烟盒，只放了五年。这烟盒皮面铜口，有点奢侈，是我吸烟时代的心爱之物。我吸烟戒烟一波三折。我的人生里什么都会打上时代烙印，吸烟也有许多苦乐难忘的细节，这些我都写在一篇散文《往事如"烟"》中了。我书房所有三十年以上的图书，书脊都旧黯发黄，这应该与当

皮烟盒

年写作时疯狂吸烟有关。直到五年前，妻子忽对我说："你一抽烟我就担心。"我听了，好像良心忽有发现，想到我大大小小的事已经叫她担心一辈子了，干吗还要叫她再为我抽烟而担心，随即把各处烟缸子全扔了，烟都送人了，这皮烟盒里的烟卷也掏净，丢进垃圾箱里。

惟独烟盒没有扔，一直放在书桌对面的书架上。

我想起在爱尔兰都柏林的萧伯纳故居的书房，看到他把经常尖刻地骂他的一位评论家的画像挂在书桌的对面，好让自己的写作在挑战中获得激情。我也要这样，把烟的诱惑当作一种妖邪，决然地拒绝它，而不是躲避它。

如今，我已与烟彻底断绝。这皮烟盒愈看愈像艺术品了。一天，我从书架上取下烟盒，打开闻了闻，居然一点烟味也没有，反而生出好闻的皮子的味儿。

噢，原来闻不到烟盒里的烟味儿，才算真的戒了烟。

凡是几十年的书房，里边一定潜藏着自己本人的阅读史。

我有幸还保存着自己孩提时代阅读的证物——图画书和小人书。人最初都是读图时代。经历那么多曲折，它们缘何还在？比如上海儿童良友社彩色胶印的《黑猫的假期》和《奥林匹克运动会》。还有上海国光书店出版的《珊珊雪马游月球》，都是民国三十八年（1949）出版的书，我当时六七岁。这些儿时的书，却是我一生中看的遍数最多的书，至少几百遍。书中每个形象至今还活蹦印在脑袋里。这些书都是当时母亲买给我的。

我还保存有一套更老的书，是民国二十五年（1936）上海开明书局印制的《连环图画三国演义》，石印本，一函二十四册，采用元代以来木版插图小说常用的方式——上文下图。后来读阿英的《中国连环画史话》才知道，这竟然是中国连环画史上的第一部书，"连环画"之名就是从这部书才有的。它原本应是家里大人看的，后来归我所有。我后来对《三国演义》文字书的兴趣正是从这部连环画来的。

我成熟得晚。少年时一段时间迷恋武侠小说。天津是武侠小说家郑证因、宫白羽和社会言情小说家刘云若聚集之地。我现在还有一些这类书的藏本。后来转而热爱古典文学，与学画有关。那时学画由临摹古画起步，必然接触到画上边常常题写着的诗文，要弄懂这些诗文就要学习，经人介绍，问道于吴玉如（家琭）先生门下。先生学问渊深又严谨，因从《古文观止》《古文辞类纂》和杜诗开始，这样一本本古典文学便走进了我的书斋生活。

二十岁前，我还没有正式读到一本外国文学。一个好友张赣生读书多，藏书多。一天他拿给我一本薄薄的外国小说，是屠格涅夫的《初恋》。这本书的译笔清新优美，插图非常好看，译者是萧珊。我那时正在初恋，因对小说的感情特别敏感，很受感动，也深深被这本书浓郁的文学性所感染，一下子就迷上外国文学。跟着，张赣生又借给我一本书是《屠格涅夫中短篇小说集》，其中不但有《初恋》，还有《阿霞》《雅科夫·巴生科夫》等六七个中篇小说。没想到这本书的译者是巴金和萧珊。张赣生告诉我萧珊是巴金的夫人。那时我太年轻，巴金像天边的高峰，屠格涅夫像更远的大山。这样，大量的各国名作就源源不绝地涌入我的书斋。这是二十世纪六十年代初的事。

我太多的爱好，因使我的阅读不会陷入某一深谷，同时也使我的藏书和我的书房庞杂又缤纷，我喜欢书架上各类的图书新老混杂。一位文友在我书房里翻书，忽然说了一句："你有许多怪书。"我笑道："我什么怪书都有。"我崇尚经典之外，也常被旁门左道迷住。

为此，我讥笑自己，此生只能去做一个肚子塞着各种"杂学"的作家，一个随性的文人，一个尽可能充分的自己，绝对做不成一个一专到底的地道的专家。

二十世纪六十年代阅读的书

鞋杯

自从写了《三寸金莲》，便招来许多与金莲及莲事相关的史料与老物件。有三件东西特殊，都是"三寸金莲"。其中两件属于天造奇物，一件算得上人造文物。

两件天造奇物。一件是块石头，酷似金莲，见必称奇。另一件是块老木疙瘩，刚好三寸，远看活生生一只金莲，近看纹理苍劲，坑洼糟裂，益显金莲之古老、畸形以及其所受屈辱之酷烈。天生木石，竟然长成这般传神，真叫人叹为观止。

另一件是鞋杯。一天，一位熟人送我一小包东西，打开看，竟是件木制的金莲，疑惑之间，这人笑道："这就是你小说《三寸金莲》写的鞋杯呀。"

古代宴席上常传杯递酒，以助酒兴。杜甫《九日》有"旧日重阳日，传杯不放杯"的诗句。莲癖们依此古俗，将酒杯放在金莲中传杯作乐，并予之雅号"采莲船"。我在《三寸金莲》第八回"如诗如画如歌如梦如烟如酒"中，写过佟忍安等众莲癖欢饮时，使用鞋杯寻欢的场局。当时我是依据史料写的，没有真的见过鞋杯。这次见到，很是惊奇。一只精心雕制的金莲，形态俊雅，墨帮朱面，彩绘花卉。然而它并非实体，中间镂空，好放酒盅，鞋口还有一个葫芦形的木塞，用后塞好，以防尘埃。

我头一次见到鞋杯实物，甚觉珍奇。曾问过几位海内外的金莲藏家，都说不曾见过。这堪称金莲"文物"了。遂与上面所说的两件天造奇物，并列于书架上。

鞋杯放在中间，石莲放在左，木莲置于右。可谓自然奇物，人间奇观。天造是偶然，人造是必然——一种历史文化的必然。

中间一只是鞋杯

檐板

九十年代老城面临毁灭性改造，我从书斋走出，发动一些学者与摄影家，对老城进行抢救性的调查与记录。此间，不断有一些被拆除和丢弃的建筑"零件"，被我捡拾回来，放在大树画馆外边围栏内。比如柱础、雕砖、壁炉架、碑石，最珍贵的当属估衣街总商会戏台的两根木柱，这是著名的"马骏事件"中学生领袖马骏"劝商贾罢市不成，怒而撞头于柱"的实物。九十年代的"旧城改造"，受经济利益与政绩的驱动，大拆大建所向披靡，很粗鄙很野蛮，城市历史全被视同垃圾，荡平了事。当时我从拆迁公司买下总商会拆下的这两根戏台木柱竟然便宜得出奇，一根只有一百元钱！"斯文扫地"竟然到此地步！如今这"五四"运动珍贵的遗存，已被我放到学院博物馆保存了。

1998年我搬入新居时，特意将两片来自老城改造时的雕花檐板，挂在书房东西两边书架前。这檐

板曾是南城内街东一座大型木楼——人称徐家大院的建筑外檐的饰物。整块的大木板上，采用镂空雕法，用刀雄健，形象浑厚。中间木叶叠层交错，花鸟穿插其间，意趣撩人。我初见徐家大院时，上下两层高大的木楼的外檐皆挂此檐板，远看好似一座雕花大楼，豪华壮观，极具气势，叫我不禁发出惊叹。它远比现代一座几十层水泥高楼更具震撼力。

天津城南在庚子事件中受到日军强攻，炮火凶猛，老屋大抵焚毁。徐家大院这样的木楼应是民初建造。房主颇具财力，才能造出雕工如此讲究的建筑精品。可是天津老城的古建基本上都没有历史档案，最多只是原住民一些不可靠的"口头记忆"。1995年老城改造时，这座徐家大院已被荡平不存。

昔时巍巍华屋，惟余檐板两片，悬于我屋，可悲之纪念耳。有时看着它，想起当年一腔热情保护老城而终告失败的种种情景，还会发出一声叹息。

桌下足痕

九十年代末，我迁居那天，搬开书桌时，发现了一个"奇观"。书桌下边我踏足的地方，竟有两块清晰的足痕。我书房的地面是水泥的，没有装修，这足痕居然将水泥表面磨去一层，脚跟和脚掌地方，居然有近一厘米之深，分明是双脚锉擦的痕迹。这是我长期写作时脚上用力所致。文人写作用的不是体力，而是心力。心里用劲，脚下便不觉使出力来。

这也是我个人的习惯。我写作时，浑身都用力。八十年代初，经济不富裕，妻子还给我做过一对套袖，以防衣袖磨破。

我在那个书房写作十五年，哪里知道日久天长，脚下会使出这样大的力气，锉出这么深的足痕，这叫我暗暗吃惊！

转眼我在现在这个书房写作也十多年了。

一天，偶然想起昔日书房的足痕，不由得去看一看现在书桌下边如何。一看，木地板上明显地也出现了磨损与残破。但与先前不同，没有那么深的足痕。这有点奇怪，原先是坚硬的水泥地面，现在是木地板，为什么反倒没有磨得那么厉害？

仔细想来，原来这十多年，我大半时间在大地上做文化抢救，我的足迹散落在田野中了。

友人说，书桌前用的力气会在稿纸上开花，你四处奔波的力气哪里可以见到？我说，用在田野上的力气，还得到田野中去看。能看到么？

单筒望远镜

它至少在我书架上立了三十年。

二十世纪八十年代，古玩市场开放，数不尽的见所未见的老东西，从生活的皱褶里蹦了出来。天津是中西最早接触的地方，经多变迁之后，失落了百年的历史遗物，重新纷纷露面。各国联军在这里几次与大清交战，单是各类洋枪，也纷纷招摇于世。故我收藏了一些火铳、马刀、佩剑，再有就是这个单筒望远镜了。

初见它颇觉有趣，挤一只眼看，凡物不能看全，只能看到某一局部，便常常发生"误读"。这叫我联想到当时——刚刚开放中西接触时的许多问题，许多笑话，许多啼笑皆非，许多误解与误判，许多冲突。我在《俗世奇人》里写过一篇《洋相》，写的就是这类笑话与荒唐。然而，对于单筒望远镜，那时我只是把它作为一个小说的意象罢了，而后才渐渐有了具体的小说的构思。

我最早遇到的这支单筒望远镜是法国百代公司制造的。百代公司是法国人查尔·百代和爱米尔·百代兄弟于1896年创立的电影公司，也制造摄影机，在早期电影工业上影响巨大。这支望远镜通体黄铜，三节，抻开后三十六厘米。拿它可以把百米之外的一张面孔清清楚楚拉到眼前。

　　三十多年来，它静静待在我的书架上，好像一直提醒我别忘了拿它写一部小说。

　　直到2018年秋天，我才把它写出来，说明这构思对我的魅力。真正有魅力的东西，不是时间愈长愈淡，而是愈久愈深。

姥姥的花瓶

姥姥的花瓶怎会到我的手中，不知道了，但只要看到它，就会想到姥姥。

这是一只陶胎青花梅瓶，普通的民窑，并不高贵，但朴实淳厚，釉质滋润，底色白纯，蓝彩鲜亮；瓶上画着一棵梧桐，树下一女子与二童子举花欢舞，画得很随意，形象稚拙又生动。瓶底上以刀潦草地刻划出四个字"成化年制"。不管它是否赝品，也不管瓶底多有磕碰残缺，由于它是姥姥的遗物，就无比珍贵。

姥姥家在山东济宁，名傅芷棠，1890年生。1928年随外祖父戈子良迁至天津。姥姥戴一副细边圆眼镜，清癯瘦小，清雅和善，性情柔韧，人很自尊；她好读书，最爱讲三国和东周列国。我所知道关于泰山的许多事，都是姥姥讲给我的。姥姥很疼爱我，一次给我手织一顶毛线帽，拿给我时，在楼梯上摔了一跤，那可怕的摔跤声很响，现在都能想起来，想起来都觉得疼。

　　姥姥在五十年前就不在了。我手里只有她这一件遗物。这瓶子就像她本人，永远亲切地立在那里，它不能缺少。有一次搬家不知塞进哪个纸箱，急得我翻箱倒柜折腾两天，也没有找到。我真感觉世界的一块地方空了。过几天，清理衣箱时突然发现它，原来我怕它摔了，裹在了一件厚衣服里边。在我惊喜地看到它的一刹那，感觉就像忽然见到了姥姥，我把它抱得紧紧的。

闲章

姥爷戈子良的遗物，我只有两件，小不及寸，皆闲章。

这是当年习画时，舅父给我的，我经常盖在画上。一为石章，印文是王昌龄那个名句"一片冰心在玉壶"；一是骨章，印文为"学诗学礼，树木树人"。这"树木树人"出自《荀子》，表示培养真正的人才，需要很长的时间。但这句话对于我姥爷，还与他爱好造林植树有关。

姥爷名奭，字子良，曾任济宁左指挥使。解甲后，买山置地，兴建林厂，厂名大兴。姥爷于1935年故于天津，我1942年才出生。我虽与他未曾见过，却喜欢姥姥和母亲口中他的性情，豪爽豁达，热心公益，挥金如土，而且性喜结交，身为武官，好与文人交往，好书画雅事。萧伯纳途经济宁时，外祖父还将这位英国名作家接到家中饮茶与赏玩。我少年时，见过许多康有为等文人在他家书写的诗文。但历史是吝啬的，留到今天的只剩给我这两方闲章；然而历史又是有心的，我家两次被毁，柜散桌塌，缘何这小小图章奇迹般依然在世？故我一直将其放在书桌抽屉里一个小小的、古老的彩绘漆盒中，切莫失去。

济宁戈民家传闲文章

一片冰心在玉壶

学诗学礼
树木树人

外祖父闲章的印文

绿蔓

把大自然之美请进来，是我书斋的理想，亦我书斋之美学。大自然的美是随性自然之美。故而我书斋里向来木叶葱茏。花不是主角——花虽美丽，但只要它开了，我就担心它的凋谢，故我偏爱各种绿植，尤其是生命力强、长盛不衰、生气盎然、不修边幅者，并任由它们自由生长。为此，我最不喜欢人工雕造的盆景，最爱随意攀爬的绿蔓。

八十年代初，我从云南带回一种藤蔓类的植物，叫作野三七。别看细细小茎，圆圆小叶，却活力十足，只要浇一罐水，便蓬勃而生，援墙而上，常常在不经意间，糊住一面窗子。还有一种绿萝，也是藤本，更是旺盛。叶状如桃，鲜活油亮。茎粗似绳，攀爬有力。我便在连廊的天花板下，用麻绳竹竿扎一个井字格的架子，很快就爬满了这些绿蔓。再在这架上挂上一束束干花、隔年的葫芦、吊瓜，这景象一如豆棚瓜架。在这下边喝茶，好似身

在山野农家。

我整天忙碌着，顾不上房中草木。写作之时，更是神游天外。这便使连廊上的绿蔓各处乱钻乱爬，肆意穿梭。一日，我写作累了，想坐在连廊的藤椅上歇一歇。忽发觉不知何时，绿蔓已在椅背中间绕来绕去，缠作一团，一时无法摘清，便不管它们了，倚着绿蔓而坐。我见椅边木几上有一只空杯，待要拿去斟水，发觉好似有人抓住杯把，再一拉，杯子仿佛还是被谁抓着。一看，原来一条绿萝的粗茎穿过杯把，将杯挽住。我不禁笑了，失声道："原来是你！"

有灵性的才是大自然。大自然真的进了我的书斋了。

大自然的四季在窗外，书房的四季在窗上。

严冬中的窗玻璃上凝结的冰凌，叫我感到书斋的温暖；夏日浇窗的大雨或轰轰作响的狂风，叫我身在书斋有一种安妥与庆幸感。春天的飞絮在无风时也会升得起高，有时来到窗前，温柔地朝屋里张望。我的书斋在六楼，看不到楼群下边变黄变红的秋树，但如果忽然觉得窗外的天空变大变高变远变淡，变得无比辽阔，一准是美好与松弛的秋天来到人间。

我的书斋就靠着这窗子与天地相融。阳光晴好时，连檐下的小鸟飞去飞来，都会有鸟影从屋中忽然掠过。

四季最鲜明的表现，是阳光照射的位置。中国人的建筑太重视坐北朝南了。夏天里毒日头只站在窗台上，无法走进屋来；冬日却把房内暖洋洋地装满，并一直将南墙书架上的所有书脊上的字都照得

秋天到了

清清楚楚。如果是烫金的字，就闪闪发亮。这就是我们的北房为什么全都是冬暖夏凉。

比四季的阳光更敏感的是一天里的阳光。早晨它从东边进来，投射在我挂在通往连廊门框的一块陶瓷上，这块陶瓷《盆花》是萨尔茨堡一种古老的手艺。陶瓷的釉彩有着微妙的窑变，只有通彻的晨光能将这变幻无穷的釉色全部微妙地呈现出来。黄昏从西边射入，将墙上一尊明代泥彩的悬塑，照得神采奕奕。一天里我最喜欢夕照，它像天边一盏巨灯照来的强光。只要被它照亮，全要染上无比美丽的金红色。但夕照很短暂，如果这时间坐在书房内，会感到它消失过程中的速度感，还有一日时光消失时"最后的辉煌"。

写作时，作品里的四时风情与日月晨昏，与现实是完全不会对应的。写作人一旦进入文章的情境，便完全脱离现实，进入自我。书房里已经入夜，文字中可能正是一片赤日夺目的正午。最奇妙的感觉是，你一旦停笔，从文章中波平浪静的湖天走出来，书房外边很大的雪粒正在哗哗打在窗玻璃上。

案头小品

文人的书案上，总会放些自己喜欢的小物件，有的是应用性的文具之类，有的纯属文玩；各人所好不一，品类不同。

我的案头有一块蓝布垫，这是日本人的物品，四方形双层的土布垫，传统的靛青素染，用以衬垫桌案上陶瓷木石等物件。一防物伤，二防桌损，三防触物发出的声响。日本人活得细致，惜物，故房中多用之。这种布垫好用也好看。靛青源自中国，取自蓝草，本来就是素雅又沉静的颜色。我将这样一块蓝布垫放在桌上，放几件摆件或文玩，写作之中随时把玩。

这垫上几件小物皆我所爱。一是一个唐代青石佛头，核桃大小，感觉却硕大，雄健厚重，下巴的肉似能手捏，活脱脱嘴巴似可张开。别看这小小佛首，却把一千多年前唐代造像的精神展现得活灵活现。

　　另外两小块琥珀随形雕件，也很可人。虽然包浆厚润，光滑透亮，却都有一些天然的小坑洞和老皮，益显苍劲。其中一块，山形，灰中带黄，石面上线刻一只神兽，四足欲腾，上足有翼，头形如虎，后拖长尾。自左向右，陡然跃起，顿使一块玉石虎虎生威。另一块石形多变，雕刻却穷其匠心。底部一圈，环石为溪，水流湍急，数条小鱼逆流而上，或潜游，或翻腾，或弄潮；水至谷底，浪花飞举，一条大鱼陡然蹿出，顺势腾上石顶。令人惊奇的是，从这大鱼口中居然吐出洪流，下泻深涧，水势因之更猛。这一来，急流环石不绝，整块玉石就变得惊心动魄了。尤令人喜爱的是其雕工，刀斧简，意趣足，老到中有稚趣，古拙里含天真；只看雕工，便知来自千年之外。

　　再一件是明代青花小盖罐。

二十世纪七十年代我有四帧陈少梅的咫尺小画，皆其擅长的那种清峻刚健的北宗山水。陈少梅很长一段时间家居津门，故民间藏有他不少画作。这几张小画我曾反复临摹过，后来拿它们与一位古瓷爱好者换了几件青花瓷器，多为清代中晚期的官窑。然而，官窑精致却无生气，我更喜欢民窑，尤其这民窑青花小罐，器形古朴，丰满自然，上边几笔兰草画得十分清爽。罐底虽无年款，我用手指伸入罐内，摸出接胎时的凸痕，深信这是明代"开门见山"的东西。1976年大地震，我家房倒屋塌，瓷器大多损毁，这小罐是幸存者之一。老天爷只要不想灭你，绝不会叫你片甲不留。

一次我去日本。日本也是陶艺大国，作品件件巧绝新奇。我带回来几件幽雅、静美又别致的小品，想从中选一件取代这青花小罐。可是当我拿开小罐，把一件日本人的陶艺小品摆上去，却忽觉得轻飘飘了，漂亮在其表，内中无韵致，难与我的佛首、琥珀等古物匹配，更无法取代我这大明的民窑小罐。别看我书案上小品并不贵重，若想在此立足，绝非易事。

我所收藏的藏传佛教艺术品如唐卡、经板、铜佛、泥彩塑、擦擦等多件，却只有两件放在书房里。一件是千手佛，明代藏传佛教造像的经典，铜铸鎏金，制造工艺之精美难以言传。我一直放在书房内，是因为它是"文革"后我买的第一件古物。虽然只花了三元六角钱，却是当时十顿饭的钱——这钱是从饭碗里压缩出来的。可是，它是我的收藏爱好受到严酷的挫折后，开始元气恢复的里程碑。在那个文化上一片荒芜的时代，它像美的天使一样把我的小屋照亮。很长一段时间，我每天下班回到家，要先看看它。

另一件是擦擦。擦擦是藏族一种便于携带和随时供奉的小佛像。

这件擦擦是一位小学同学张鹏举送给我的。我上小学时与同班两个同学非常要好，一姓毕，一姓张，就是张鹏举。我们三人一起踢球、玩耍、调皮

擦
擦

捣蛋。常常叫老师罚站也并排站在一起。我高，张瘦，毕胖。我的许多小学时的记忆都与他俩有关。张鹏举父亲是张学良的弟弟，母亲是北洋时期国务总理朱启钤的后人。住在常德道上一座米黄色的西式花园洋房里。他家藏深厚，但他不懂这些东西，手中拮据，便拿一些到旧货商店换钱。有的东西很珍贵，他可能很便宜就换给人家。那时候，斯文扫地，很多五大道的人家都是这样。一次他将一张龚贤的山水画卖了，去到起士林吃了一顿西餐，居然很高兴。然而，他送这件擦擦给我却很认真，记得他说：你收好了，这是我大爷（张学良）的东西。

这擦擦不是翻模制品，完全手工彩塑。释迦牟尼佛结跏趺坐于莲花台上，双手禅定式，捧钵盂。所施两种颜料朱砂和石绿都是纯正的矿物色，庄重又瑰丽，使人想起敦煌中唐宋壁画上的颜色。佛身上和背光上的佛球，比小米粒还要小，手工搓成，却颗颗滚圆，而且全都一般大小，技艺之精湛让人惊叹。

我不能断定它的年代。前些年，我主持藏族唐卡的抢救性调查与档案的建立，接触到一些研究藏传佛教造像的专家，曾

想拿给他们看，但我没这么做。我担心震动，佛身上的佛珠会脱落。何况它的年代对我并不重要，它的珍贵性在于，它是我童年时代仅存无多的证物。我这两个小学同学都已不在人世。这擦擦便像记录我童年少年生活情感的一本图书那样，立在我的书架上。我将来若写自己的《幼年·少年·青年》，它一定会帮上忙。

手稿

桌上放一台电脑，便告别了伏案疾书，从此也没有了书写的快乐。而后，书房还少了一样珍贵的文献——手稿。

手稿是书房的果实，它还无形保存着作家许多信息。

我在波良纳托尔斯泰故居看过一页托翁的手稿。据说他的手稿常常要由妻子索菲亚帮助誊抄，因为他的手稿很乱，字迹潦草，只有索菲亚能够辨认，有时连他自己也认不出来。

从他这页手稿上看，他的字迹不仅难认，而且过于密密麻麻，再加上一遍遍删改和添加，全挤在一起。但这手稿却叫我们认识到这位伟大而严肃的作家思维的缜密与执着。还有一次，去到巴黎的郊区访问巴尔扎克的故居博物馆，卞卡尼欧馆长请我到地下室去看作家的手稿。他给我看的是巴尔扎克的名作《高利贷者》。巴尔扎克喜欢用一种大稿纸。中间写字的地方不多，四边是很宽裕的白纸，有点像二十世纪人文社那种五百字的大稿纸。这种稿纸便于改稿。据说巴尔扎克改稿没完没了，往往一直改到上机印刷的前一刻。这《高利贷者》的手稿果然如此。稿纸四边全是修改的笔迹，最初写在中间的那些字，到后来差不多全叫他改掉了。馆长告诉我，他们的研究人员发现，这稿子巴尔扎克总共改了二十五遍。由此叫我对他肃然起敬。一个对自己的稿子不依不饶的人，一个"语不惊人死不休"的人，一个对生活刨根问底的人，才会是一位真正的作家。

我现在虽然学会在iPad上"指写"，但改稿还是在纸上。命中注定我是属于最后拥有手稿的一代。几十年里，我一直没有决心，拿出一个月的时间，彻底整理一下自己海量的手稿。只有在各种文稿、材料和书信乱作一团时，才动手把稿子摘出来捆成捆儿，标明大致的时间，堆在一边。我从来不会扔掉手稿。可是，我不少手稿并不在自己手中。在二十世纪八九十年代，报纸杂志和出版社不一定把手稿退还给作者，自己也常常忘了去要。

还有，那时没有复印机，作家给出版社的稿件，都要通过邮局寄送，这种寄送的方式危险性很大。原稿只有一件，寄失就如同丧命。奥斯特洛夫斯基一部手稿不就曾经在邮寄时丢失了吗？幸好我没有寄失过，只有两次书稿出版后，出版社将原稿寄回时丢了。比如中篇《感谢生活》。

我珍视手稿和各种重要的文献资料，不会丢掉，却没时间整理，它们像一个城市的居民那样，拥挤在我的城市——书房内外与各个角落。但书房是最不怕乱的地方。书房之美包括它的随意与缭乱。

书房不是给人看的，只是为己所用。

我曾用毛笔在笺纸上写道：

非鱼难知水乐，

唯蝶方晓花香。

书房如山文字，

思者方能安享。

笔筒

　　笔筒多只，书桌上常年只放一只，十余厘米高，比手腕细得多，小巧玲珑。白釉彩印，翠柳桃花中一对飞燕，带着喜庆。背后的落款很重要。上题"直隶省第一次工业观摩会纪念"，落款时间是"民国十年"（1921）。

　　庚子事变后，西方列强争相在天津割地设立租界。西方近代金融、科技、工业、通信、运输等随之涌入天津。天津遂成近代中国西化的前沿重镇，近代工业迅猛发展。刚刚成为西方社会时髦的工商博览会也十分新奇地在津城出现。这小小的纪念性的笔筒便是一个活泼的历史见证——这是在天津首办的工业博览会。

　　这笔筒是舅父（戈长云）五十年代送给我的。我儿时颇得舅父喜爱。我自小痴迷绘画，舅父总将他家藏的一些画本图册送给我。我一度倾心于郎世宁，就与舅父赠我一些这位客寓清代宫廷的意大利画家的画集有关。历尽沧桑之后，那些画集早都不在了，这小小笔筒却顽强地长存于世，它可还是我拥有的第一个笔筒呢。

意大利小本子

第一次去佛罗伦萨，在阿尔诺河上那个著名的古桥——旧桥边，钻进一个很小、很独特的店铺，不足十平方米，专卖各种仿古的本子。店里有很浓的纸味和皮子味。这里本子一律遵照古法，手工制作，真皮封皮，抄造纸张，有的毛边，有的金口，古色古香，非常招人喜欢。文人对空白的本子有种天性的喜爱。我书房里就有大大小小许多各具特色的空白的本子。这次，我选了一本回来，放在身边，并给了这本子一个特殊的"职能"，倘我忽有一点什么哲思或诗情，生成了片言短句，便记在上边。我这样做，一切任由自然，决不冥思苦想。如此日积月累，渐成规模，后来自编一本类似泰戈尔《飞鸟集》和纪伯伦《先知》那样的散文诗集——《灵性》，在三联书店出版了，大多句子就来自这个小本子。

这种句子都是脑袋里偶然的灵光一闪，忽来

忽去，倘不记下，过后便无迹可寻。我要感谢这小本，它帮我把自己脑袋里许多奇妙的瞬间留住。

可是这小本总不能随身携带，如果睡前或醒来，脑袋里冒出来一句怎么办？

多年后，我又一次去佛罗伦萨，便特意跑到旧桥边。欧洲这种老店是永远不会改换门庭的。我又挑选了一本。上次是褐色封皮，挺厚的手工纸，纸质较松，拿在手里边，感觉古老而淳朴。这次选的本子是墨绿色的皮面，略薄的手工纸，纸质细密，气质典雅。拿回来后便放在床头，专门用来记录睡前或醒来偶得的要言或佳句。几年里，一百页左右的本子已经记下了一大半。

前年再一次去意大利，这次是专意探访意大利中北部文艺复兴的各种遗迹。佛罗伦萨是文艺复兴的中心，一定还要再去。而且这次正好住在阿尔诺河边的一家历史十分悠久的旅店，就近又去到那家卖本子的老店，再选了一本。这次的本子式样更古老，粗牛封皮，皮面做成多折，翻动方便，先前从未见过这样的本子，这叫我格外喜爱。

这本子也好似有灵性，当天买回到旅店，脑袋里就蹦出一句，马上写在上边：

"不敢挑战是软弱，不敢应战才是真正的软弱。"

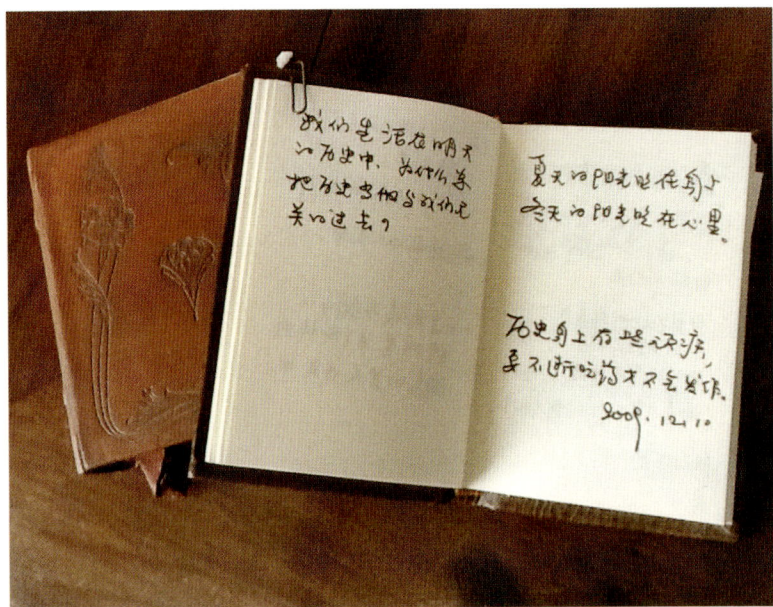

我桌椅一边，常年放着一个竖长的竹编提盒，上下两层。盒盖上用黑漆写着四个字——"耕读堂李"。楷体字，恭正庄重。耕读堂显然是书房名号。此盒曾是一位李姓文人的书房物品，经多岁月，辗转到了我的书斋中。我用来存放各类笺纸。

我爱古来文人写信书诗使用的各种花笺，文人性情不同，用纸不一，花样相异，斋号各自，如今到我手里聚在一起，就五花八门，用时便随性选取。人藏花笺只玩不用，我存花笺边玩边用。我的名笺纸不算少。十竹斋、荣宝斋、文美斋、北平笺谱，等等。这些笺纸大多是名家绘图，木版水印。荣宝斋的笺纸以齐白石、溥心畬和吴待秋所绘最好。文美斋的花笺是由津门名家张和庵的花卉撑起来的。然而对我而言，这些名店名笺并不比一些不知其详的私人定制的花笺更有魅力，乃至更有神秘感。倘若一种花笺名太大，反倒不敢用了。比如友人送我几枚澄心堂纸，这当然不是苏轼和梅尧臣争用的那种，但不管是哪个朝代的仿制，都很稀罕，都怕糟蹋了它。我更看重的是纸的意味。哪怕各类历经久远的零散纸片，或旧书衬纸、账本空页、公文余白，我喜欢它们古老又沉静的气息，笔锋触及，好似去惹动了沉寂已久的遥远的时光。

我在这花笺上所写，都是脑袋里一时冒出的句子，或偶有所思，或陡生妙想，或不期而遇的片言短句。我的诗多是题画诗，画叫人拿去，诗也拿去，无法收入集中，有时就抄写在笺纸上保存。文人这些东西，在别人眼里是书法小品，在自己心中却是"短文学"。它们像花瓣一样撒在书房各处。

我虽另有画室，书写花笺却是书房的事。书案上总有笔墨。偶有兴致，心有佳句，便从"耕读堂李"中择取一种上好花笺，信手书之。将心中诗文，与手中翰墨，及别致的花笺古纸融为一体。然后钤朱印数方，有名章和闲章，也有肖形印。于是一件惟书房才有的清品油然而生。

此中乐趣，书房雅事，惟我自享。

心在閒時自抄詩文亦樂事也

遠日思有真名豪情勝美
發展紙于案但覺紙隨便批
白宣紙張也佛手心筆簡中
大筆此刷心緒雜生任何
情之漫動筆端筆墨即顯拚
墨滴四濺點陸剝皎白紙面也金然不顯然手寫之筆之不
懸住手拏鳥般陸地跳入水盂一滑如便欲違墨筆就得
如鳥雲般翻滾涌勁眼前紙面忧若疾風吹過雲霄
橫何大泣春去浪做斗落層滃約筆墨陸追幻象一同呈現了
此余散文書硯滴瀉記之首段文字 翠下瓢手

畫興隨之勃遇一幅八尺素
聖幾意晉
形象瀟灑之
起末韓而一誦硯心

歲月如奶大墨池些寧度春
幾人知相許一生丹參墨海
筆自庄金婦時
丁酉九月亮
翰手

真字千金
癸巳晴夏
鴻藝十

傩面

我书房门上，悬挂一傩面。好似江西人高悬门上、用来辟邪的吞口。

傩来自远古的祭礼，夏商已有之。人扮神灵，以驱鬼逐疫。我国江西、湖南、贵州、福建等多地皆有傩。举行傩驱仪式时，都要戴上模样凶厉的傩面。但各地傩面都用木头雕成，上施彩绘。我这个傩面与众不同，以竹条为骨架，上糊纸多层，以红绿黑白黄五彩绘之，复罩清油，这种傩面极其罕见。尤其是这傩面极轻，适于傩舞傩戏。其形象，似虎面，凸目隆眉，额头有角，下边张着血盆大口，龇獠牙，垂着一条活动的大舌，应是某一神兽。我四处打听，皆不知其详，也无人见过。

这傩面的背面有我当年记下的一段题字。字曰：

"二十世纪八十年代末，在翻译家杨宪益家见此傩面，甚爱之。杨说此面是廖承志先生赠送他

的。原物来自广西，人赠予廖承志的母亲何香凝。杨说你若喜欢就拿去，我说太珍贵，不敢取之，杨说你这次不要就没下次了，我便鼓起勇气，取来挂在家中。"

杨宪益是我国老一辈翻译家，从事中译英的工作，曾与夫人英籍人士戴乃迭合译的《红楼梦》和《儒林外史》，都是这些名著最早的英译本，在海外影响颇大。他们将我的小说《高女人和她的矮丈夫》《感谢生活》等译成英文。在八十年代我与杨老及夫人很熟，钦佩杨老的学识，喜欢杨老的率真、正直与随性。他和戴乃迭都嗜酒，我尤其喜欢看他与戴乃迭全喝醉了时相对胡言的样子。我说那是一种"天堂里的对话"。

杨老的妹妹杨苡也是翻译家，如今已近百岁。杨苡与我岳母是年轻时的好友。我的书房里还保存着她翻译的艾米莉·勃朗特的《呼啸山庄》中译本，四十年代新译文丛刊出版。虽然破旧，亦我珍藏。

我书房对面是间资料室，堆满各种资料和手稿，斜对面便是画室。我的画室很小。我曾去北京方庄拜访吴冠中先生，见过他的画室，不足二十平方米，一张矮矮的画案，小桌小柜，笔墨纸张，满墙墨点色斑，简陋至极。那是我见过的当代画家中最小、最"寒酸"的画室。它叫我暗暗称奇，这小小画室居然诞生出那么多传世杰作。

我的画室小，画案上最大只能画一张"四尺整纸"，这没关系，我不画太大的画。而且它对我很重要，写作是我的一半，绘画是另一半，这两间房中间相隔三米远。我却经常在这里"甜蜜地往返"。

我每次画完画，都会把画室收拾整齐，毛笔和色碟洗干净，纸墨笔砚重新摆好，这样做是为了走进画室，有了感觉，挥毫即可作画，很快进入状态。于是，每每在书房写作时坐久了，乏了，便会很自然地走进画室，或书或画，信由性情涂抹一番，一些心爱的小品也就是这么出来的。

在作画的过程中，常常由于水墨过湿，要等纸干了才能接着再画。特别是我喜欢用"湿染"之法，这样等候纸干的时间就会更长。此时，则又会很自然地去到书房，坐到桌前，倘若心中生一些有意味的文字，便会拿起笔写上一阵子。待回到画室时，纸已干了，正好再画。

近二十年，不知我在这两个房间中走了多少来回。这是我人生中走得最多、最短、最美妙的一条"小路"。

我更喜欢一种感觉，就是晨起之后，精饱神足，创造的欲望在心里鼓胀，却"胸无成竹"。我爬到小楼上，左为画室，右为书房。此刻好像一切在听凭神示。只要我走进哪个房间，就会在那里起劲地干上半天一天。这时候，一切都全由性情。我喜欢信由性情，让性情来做我的主人。

但是，我说的这种感觉只是在二十年前。那时，我还没有全身投入到文化遗产抢救。但此后就没有了，许久没有了。

硬木树桩

这个硬木树桩在我书斋一张矮桌上，已经静静待了二十年。个中的理由，还是为了一种纪念。

它与我的一篇散文《珍珠鸟》有着很美妙的关系。

这散文1987年发表在《人民日报》上。几年后，大约是二十世纪九十年代初，南通柴油机械厂竞选厂长，其中一位竞选人张逸民获胜当选。这家工厂很大，两千多员工，竞选激烈，当选的张厂长虽然自信满满，却担心人们是否信任他，竞选中反对他的员工是否担心会遭到报复，怎么表明自己的真心，从而将全厂员工凝聚起来？他就职那天上台演说，出乎意料没有发表任何宏论与誓言，竟然当众背诵了我这篇颂扬善意与人性的散文——《珍珠鸟》。他的真诚感染了全场职工，得到热烈的呼应，顺利地就了职。

后来一篇报道说，新任南通市的市委吴书记，也是个作家。他听到这事，感觉很新鲜，骑车到柴油厂，见到了张厂长就说："是你的珍珠鸟把我引来的。"张厂长说："我讲大道理，说不定人家不乐意听，我借助作家的《珍珠鸟》来表述我的心愿，我愿意做爱惜珍珠鸟的人，也愿意做被珍珠鸟信任的人。"

这件事当时影响挺大，被传为美谈。

我却由此很敬佩南通人的文化素养。由于他们拥有对文学的感受力，一篇小小散文居然产生如此奇妙的效应。其中尤其钦佩的是这位张厂长——他的文学修养，还有他的智慧。文学本来是潜移默化和间接地影响生活的，他却赋予文学一种直接的化解生活纠结的效力。这是他的一个创造。

本世纪初，我与诗人吉狄马加、表演艺术家焦晃要一起到南通，应当地政府之邀为他们城市文化的发展提供建议。没想到，身在南通的张逸民听到了消息，来宾馆看我。由于当年那个"奇缘"，见面甚亲切。

此时他已退休，喜欢收集各种硬木雕刻的工艺品。他特意带来一件手工精仿的树桩式的花盆座，给我做纪念。

我不会忘掉那件意味深长的往事，这个纪念品一直放在我书斋里。

老墨多用于书画，本应放在画室，但我的画室基本是个车间，全是作画应用的工具材料，不放文玩。老墨早不用了，改用墨汁，老墨纯属藏品，便存放于书斋。

我是研墨作画的最后一代人，因此也就懂得种种研墨的讲究，以及老墨的美妙。我年轻时从事宋画临摹，宋画用绢，墨要使用上好的油烟墨。惟有油烟墨的墨迹干了，不会被水抹掉。那时还可以买到胡开文和曹素功的老墨。现存我书斋中，还有数锭胡开文的老墨，其中一锭是胡氏的集锦墨《御园图》之一的"碧琳馆"，嘉庆年制，这是名墨。其余是一些私家定制墨。我最喜欢其中两锭。一形似磬片，上面的图取自颜真卿的《劝学》诗"三更灯火五更鸡，正是男儿读书时"。另一锭，正面的一行字是"汉铜磬斋珍藏"，背面的文字两行是"光绪丙子春原属开文选隃糜清烟按十万杵法制"。整锭墨祥云铺底，金龙环绕，制造殊为精美，然"汉铜磬斋"是何人的斋号，已不可知。还有一锭古琴形小墨，十分典型，背有方印，印文是"胡学文仿"。制墨者肯定也是安徽绩溪的胡氏。这锭墨古旧又光亮，是一锭上佳的油烟墨。再有一锭是御制朱砂墨，重如铁块，颜色浓重沉静，亦我所爱。这些老墨在当年并非藏品，而是应用品，由于时代更迭，偶然留了下来。历史渐渐改变了它的物性。

　　老墨中的极致，应是明代的方于鲁与程君房两家。这两家都兴盛于万历年间，由是而今，四五百年，存世无多。但我有幸见过甚至用过。那是在北京王府井大甜水井十五号惠孝同老师家。他叫我在他书房临摹一幅《寒林图》。画上无款，却典型是北宋郭熙的画法——云头皴和蟹爪树。惠老师说，这幅画即便不是宋人之作，亦是明人仿品。画面磊礴清峻，寒气逼人。惠老师给我一锭墨，告我砚中的水要一点点地加，墨一定要研稠，用淡墨时，使水化开，不能只研出些颜色充作淡墨。再一个关键是研过的墨，必须将墨拿出砚池，侧立在砚床上，不要立在砚中，否则墨干了，墨会被砚面牢牢粘

住，倘再去拔，不是墨断，便是毁了
砚面。惠老师还告诉我，这锭墨是方
于鲁的明墨。临摹宋画必须用好墨。

　　我吓了一跳，感受到老师待我的
垂爱。

古墨之好不虚传。不单浓墨如漆，化入水中能出五色，淡墨有如透明的烟，而且刚刚在砚中一研，如花散放出香气来。我在老师书房里临摹古画那些天，每进书房，便有三种香味混在一起，将我笼罩其中，一是楠木书架之香，一是书香，一是墨香，能闻到这三种香味的地方，只有前辈们的书房，今日再见不到了。

我还存着一锭老墨，上有一蛇一龟相互缠绕的图案，并书"玄武"二字。这锭墨只叫我用去一小截，后来改用了墨汁便保存下来。在这锭墨上，我的研墨作画史画上了句号。

我居楼上，窗外无绿，时感空茫。一次突发奇想，在阳台外下层的屋顶上放一木盆，植木一株，不久枝长叶长，绿意盈窗，与屋内草木内外相应，生气盎然是也。

然而，我人太随性，事情又多，常常忘了窗外还有一株小树，忘了浇水，有一段时间荒芜了太久，致使小木枯萎死去。这使我颇为惋惜，并发誓不在窗外再种任何植物，免得再犯下这种叫人家"为我而生，因我而死"的罪过。

转年一日伏案工作，忽见窗外一枝新绿向我招摇，开窗一看，那木盆里竟然自己生出一株小树来，哪儿来的树？经人说方知，此树是随风飞来的榆树种子——榆钱儿落入木盆，这年雨水多，便发芽生根，长出树来。楼顶生树，不亦奇迹？我好欢喜。

飞来树

不过，我改不了天生的随性，再加上那些年忙于文化抢救，人多在外边，少在书斋，有时多日不浇水，发现树叶蔫了，才赶快把一盆水倒下去。这样——时而大水漫灌，时而滴水难求；小树时兴时衰，居然一直活着，并愈长愈高。榆树的生命竟这般顽强！如果再高再大怎么办？一天，我想出一个好办法，请人协助，把它搬到了我的学院，择一块风水好地，面南朝阳，倚石傍水，栽上了。谁想它在这儿得风得水，活得舒服，不过几年，干粗如腿，身高三丈，渐成大树，亦学院一景也。

人问它的称呼，我想起它的身世——因风飞来的一个榆钱儿，便笑道："叫它飞来树吧。"

何处飞来？居然来自我的书房。

十年间居然长成三层楼高

《醒俗画报》

我的书房中有两种藏书很特别：一是民国时期的各种胶印画报，一是清末民初的石印画刊。由于这些版本的历史都在百年左右，甚至更早，十分珍罕。

李欧梵在哈佛教书那阵子迷上具有强烈民国风情的沪版画报，并作为民国时期上海社会的重要资料加以研究。他这种研究用了一些图像学的方法。我说这种画报天津也很多，他表示疑惑。看来他对近代天津所知寥寥。不是许多人都把曹禺先生的《雷雨》误以为写的是上海吗？一次李欧梵来津访我，我给他看了许多这种画报的藏本，如《玫瑰画报》《美丽画报》《天津晶报》《风月画报》《游艺画刊》等。特别是一种专门介绍欧美电影的大型画刊《天津华北画报》，创刊于二十世纪三十年代。天津这么早就有如此专业的西方电影画刊，令他感到愕然。那次，他还向我索要了一册1934年合订本的《玲珑》，那里边有几张罕见的蓝苹（江青）的照片。

十九世纪中末期，上海与天津一南一北，同为西方迈入古老中国的前沿，都被西方列强开辟了租界，并因此接触到种种舶来的事物。比如一踊而起的报刊和画报，都缘于采用了由西方引进的石印与胶印技术，照相制版，将更逼真的图像印在纸上，一时颇流行。同时，大众喜爱的连环画横空出世，木版年画也改为更廉价的石印年画，因之得到更广泛的普及。读图时代迅猛到来。

上海于1926年创刊了大型期刊画报《良友画报》，天津同年创刊了《北洋画报》。奇怪的是，这两份画报的办刊理念与版式几乎一样，内容都是当时社会鲜活的面面观。然而这两地林林总总的图文报刊给我们留下的海量的历史信息，远远没有进入我们的研究视野，倒是身在海外的李欧梵跑到前边了。这也是我过一阵便把它们搬出来翻看一下的缘故。每有发现，大喜过望。

我翻动这些老画报，还有一个更重要的阅读心理，是想感受当时活生生的社会气息。比如说，我从更早的清末光绪末年出版的天津石印画报《醒俗》（后更名《醒华》）里，通过那些活灵活现的市井的新闻图画，可以走进那个过往的五光十色的时光隧道。我写《神鞭》和《俗世奇人》就与《醒俗》《人镜》画报直接有关。虽然它没给我什么故事，却给我比故事更重要的那个时代的神气与地道的"津味"。我不知道上海作家在写清末民初的上海时，是否也从《吴友如画宝》和小校场年画中受过益。

因此，我在《俗世奇人》作家社的版本中，特意放进去许多《醒俗》的画页，表面看这些插图与内文无关。我的目的是为了"营造气氛"，把读者往那个时光隧道里推。

自绘插图

作家自绘插图完全出于兴趣。屠格涅夫、萨克雷、马雅可夫斯基等全作过。鲁迅先生还为自己的小说《呐喊》画过封面呢。

我是画画出身，转入写作后，偶为自己的小说作插图，这也许是被压抑的画欲一种小小的自我表现。最初是在1981年访英归来的那本散文《雾里看伦敦》中。后来为小说《神鞭》《三寸金莲》《阴阳八卦》等都画过一些插图。一次，在《今晚报》连载《海外趣谈》，凡七十篇，并使用漫画笔法，每篇画一图。那时报纸还是铅字排版，插画需要拍照制版。插图拿到印刷厂后，排字工人喜欢，用后全都分了，我听了一笑。人家喜欢你的画，自然是好事。

我的插图大都是用写字的钢笔顺手画的。只有《神鞭》中的《康熙老纸画神鞭》和《雪夜来客》中的《送别》是特意画的水墨。

好古玩的畫七爺
二〇〇之士馬

我写小说时，习惯把脑袋里的人物随心所欲地画在稿纸或草稿本上。后来我在俄罗斯参观作家们的博物馆，发现普希金和莱蒙托夫也经常这么做。普希金有点自恋，不停地画自己的侧面像。

　　由于我有这个习惯，我的草稿本中，便总有一些人物形象从一堆堆文字中探头露脸儿。那是我想象中小说人物的模样。

　　我最完整的自绘插图本除去《海外趣谈》，再有便是人文社出版的《俗世奇人》，也是每篇一图，凡三十六图，多为人物绣像，算得上是绣像本呢。这是用日本的秀丽笔画的白描写意，将来要有一个彩墨绣像本会更好。

小说《俗世奇人》的人物草图

家庭漫画

我书房中，到处可见自己的一种画，从来没有出版过，这便是我的一种"家庭漫画"。

所谓家庭漫画，漫画对象全是家中人。原先是我、妻子、儿子三人。儿子结婚成家后，漫画人物只剩下两人——我和妻子。这漫画全由我来画。妻子却并不处于被动，因为我喜欢自嘲，常用漫画调侃自己，逗她欢笑。漫画是最好的幽默之一。题材就是各种日常琐事和闲聊内容，可以用夸张、荒诞、嘲弄、自讽和胡编乱造等方式，让生活轻松、活跃、快活。我可以丑化自己，也可以神化自己，全都能引来一阵放声大笑。人在家庭里，无须装模作样，不必一本正经。家庭是世界上惟一不设防的地方。家庭漫画纯属自娱，画起来随心所欲，百无禁忌。有了漫画，生活多了活力。有时忽有灵感和来了奇思妙想，一幅美妙的家庭漫画就诞生了。

可是我这种漫画太多，画完看过一笑，就随便

1983年的家庭漫画《妻子干活》

夹在书本里或什么地方。过后偶然蹦出来，一看可能是一二十年前的"旧作"，画中的往事却马上能回想起来，伴随着回忆，又引来一阵欢乐。

一次，一位编辑知道了，要给我出一本《家庭漫画集》。我说我可不愿意做人们茶余饭后的消费品。如果人们茶余饭后想乐一乐，我可以写几篇荒诞小说。

北川中学课本

一本残破不堪的书用一张发黄了的纸包着，放在一个陈旧的塑料夹里，已经十多年。我只打开过两次。这纸包上有我写的一行字：

"取自北川中学废墟中的学生课本。冯骥才。2008年11月。"

2008年5月12日汶川大地震是震惊世界的大灾难。震后我们奔赴北川灾区，去调查文化损失，布置对惨遭重创的羌文化进行紧急抢救。在受灾最严重之一的北川中学，我看到成堆的废墟如同遭到狂轰滥炸的战场那样惨烈，令人震撼，能想象操场上的篮球架子，滚到一堆小山般粉碎的楼房上边去了吗？据知，这片废墟里还裹挟着上千学生的尸体。一位当地人给了我一本相册，里边全是他亲自拍摄的死难学生的各种景象，惨不忍睹。那天阴云漫天，时有余震，震时山坡滚石，腾起烟土。我发现废墟的砖石瓦砾中，有一些学生的书包、文具、课

在北川中学地震废墟里拾到的学生课本

本，我拾起一本课本，封面和内页皆已砸烂，这孩子呢？

这是人教版八年级的《生物学》课本，我翻开看，书中一些文字下边，划着要提醒自己注意的横线，一些空白处还写着一些字，显然是课堂上对老师讲课重点的记录，表现出孩子听课的认真。我在扉页左下边，看到这孩子的签名"任××"。字迹细小而拘谨，三个字挤在一起。这是个纯朴老实的女孩子吗？她是死是活？不用问了……

　　我将这课本收了起来，为了记住这孩子，也为了可以永远触摸到此时的沉痛与悲哀。

　　从灾区归来，我们就开展一系列的以羌文化为中心的文化救灾工作。这一切都记入了我的非虚构作品《漩涡里》。如今十年过去，当年抢救的一系列成果，如《羌族口头遗产集成》、为羌族孩子编写的《羌族文化学生读本》，以及羌文化论文集《羌去何处？》等都已立在书架上。惟有那个从北川中学废墟中捡回来的课本以及那本相册，一直沉甸甸横放在书架的顶端，几次想再看看，却不忍再去打开。这一组书相互关联，对于我有特殊的意义。

虎枕

我有多个不同的虎枕，大概与我与民间文化的纠结太多太深有关。其中有一只布缝的虎枕，在屋一角，小桌下边。

过去，虎枕在山西晋中南一带的村子里常常可以见到，但现在很少见到了。虎枕是孩子睡觉用的枕头，以布缝成，枕内装荞麦皮。枕头一端制成生动的虎头，以示护佑孩儿。北方人视虎为阳刚，用以驱邪，吓唬恶魔。这虎枕乡间女人大都会做。可是现在没人用了，年轻女人也都不会做了。

过去，乡村封闭，各村的虎枕都有自己的样式与做法，代代相袭，彼此殊异。二十世纪末，山西晋中一带的虎枕和布老虎的样式还有几百种之多。现在却仅剩下一种列为国家非遗的黎侯虎，已成为旅游纪念品了。

我存放这只虎枕，并非由于它的稀罕。2001年，我们在对中华大地上的民间文化进行全面抢救之前，必须找一个各类文化"五脏俱全"的村落，进行采样调查，做出一册标准统一的《普查手册》给大家使用。当时我们选中了一个深藏在晋中山坳里的田园式的小小山村——后沟村，深入其中。那次调查记忆深刻，收获巨大。为此，我还写了一篇长文《榆次后沟村采样考察记》，以随笔手法记载那次田野工作的全过程。

当时在山间一户人家，一位中年妇女正在缝制虎枕。她用各色碎布头拼成虎身，一端虎头做得十分精心，方方一张虎面上，缤纷又鲜明；横眉瞪目，咧嘴龇牙，猪鬃为虎须，彩线为耳毛，所有拼接处，皆以黄线针绣勾出轮廓，还真有点讲究呢！由是这虎威风凛凛、兼具喜庆；虎枕另一端，虎尾高翘，益发活灵活现。

我喜欢，喜欢它的稚拙淳朴，它实实在在的生活情感。因使得这妇女十分高兴，非要送给我不可。

这事过去近二十年了。它一直一动不动、沉默地趴在我的小桌下边。可是直到今天，它身上所记忆的，分明还是那次我们"抢救工程"行动发轫的那年那月那日那时呢。

山西晋中后沟村的虎枕

柏林墙

1990年11月联邦德国内务部邀请我去访问。当时，柏林墙刚刚拆除，东西德刚刚统一，气氛极其奇特，好像战事方停。

我乘车穿过勃兰登堡门，去看渴望已久的佩加蒙博物馆的巴比伦城及埃及藏品，在皇家剧院参加一位"东德小提琴家"精彩绝伦的音乐会。印象最深的还是在柏林墙附近摆满古董摊，一些"东德人"在兜售老东西，其中大多是二战时期以来东德军人各式各样、花花绿绿的勋章与军装。花很少钱就可以买到一身前东德上将的军装。这服装当初肯定很威武，现在已成历史的戏装了。那时柏林墙已经彻底拆除，了无踪迹，西方的博物馆纷纷赶到这儿来，把一块几平方米的柏林墙炒到了几十万美元的高价。在古董摊上买一块两三寸柏林墙的碎块也得要几十美元。但是据说，这些碎块不一定属于柏林墙，许多是街头地上的水泥块冒充的，不能买。

内务部副部长宴请我时，送我一个四方形的玻璃镇纸，上边印着德国国旗和政府的字样。玻璃镇纸正中，含着一块灰色的碎块，来自柏林墙。这是政府正式的礼品，真确无疑。

我拿回来，与我在柏林买的一只纪念"东西德统一"的啤酒杯一起，放在书房中，作为我所亲历那个历史巨变的纪念品。

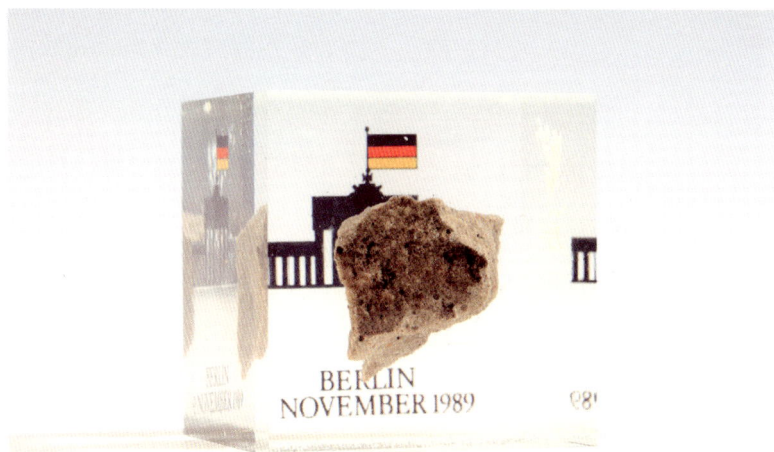

老黄历

八十年代，人们流行使用挂历。这种挂历是月历，一月一页，上边是·幅好看的图画或风景照片，下边是一个月所有的日子，一目了然。这种挂历很受人们的欢迎。

一天，一位在外贸公司单位做摄影师的王姓朋友来访，送给我一本老式的黄历。这种老黄历不同于挂历，不是月历，而是日历，厚厚一本，一日一页，一日过了撕去一页。我小时候家里就使用这种老黄历，但至少二十年再没有见过。这位年轻的王摄影师说，这是外贸出口到港澳的，国内不卖。那时刚开放，许多东西还"内外有别"。我觉得很新鲜，更觉得好用。

这种老黄历内含很丰富。不单有农历、干支、二十四节气、方位、宜忌、吉星冲煞等，也有公历和礼拜日，相互对照，一应俱全，好似有很多功能。而我更喜欢它每天撕去一页的感觉，这里边好像有一点对日子珍惜的"仪式感"。我不喜欢日子不知不觉地从身边悄然滑过。

我把我这种感觉告诉给王摄影师，我想叫他高兴，谁料到他认真了，到了年尾，又送来这样一本新一年的年历。

一次，我对他笑道："你千万别再给送了，现在市场已经有卖老黄历了。"

谁料他反而一直认真下来，年年我都能收到一本厚厚的老黄历。他人温和、寡言、诚恳、善解人意。他知道我忙，决不找我，放在我学院传达室就走。他甚至一年没露一面，没来做客，老黄历却一准在每年的年底再次出现。三十年来，一贯至今。

能告诉我他为什么这么做吗？能知道这样的年历挂在房中会是什么感觉吗？

藏巴拉是我书房内最小一个物件。

藏巴拉是藏传佛教中的财神。我这件只有四厘米高，三厘米宽，坐在方形佛坛上，头戴宝冠，身上挂满佛球，飘带绕身，仪态生动。制作之法属先铜铸，复雕刻，再鎏金。既有圆雕，亦有线刻。刻工之精，登峰造极。

此物原为我年轻时一位好友所藏。这友人姓郗，心灵手巧，擅画之外，雕刻、刺绣、木工、水电无所不能。他说此藏巴拉的面部和双手是用一种极小的錾子錾出来的，但他不知如何能錾刻得如此精细、逼真又富神采，连左手中小如米粒的吐宝鼠也活灵活现，好似一不留神就从藏巴拉的手中哧溜跑掉。他这般盛赞，更说明此雕工乃一神工。

看年代，应是西藏甘丹颇章时期（明末清初）之物。

我每次去他家，都会将这藏巴拉细细欣赏一

藏巴拉

番。一次他对我说："你这么喜欢，我要是不送你都不好意思了。"

这藏巴拉遂成为我的藏品。

泥人张是我家乡天津的奇人，自然要写他。八十年代我曾写过一部多集的电视剧《泥人张传奇》，还不满足，后来又以传奇手法着力写了一个短篇小说《泥人张》，放在小说集《俗世奇人》中。我如此崇爱这位民间高人，碰到了泥人张的作品，辄必要留存下来。

可是泥人张的作品极难遇到，尤其一、二代之作存世极少。记得小时候，家中茶室的玻璃柜里摆着一套《惜春作画》。惜春坐在案前作画，宝玉、黛玉、宝钗等围在后边观赏，神态各异，活灵活现。按时间算，我家这套《惜春作画》的作者应是泥人张二代张玉亭（1863—1954）。但我那时太小，又顽皮，和姐姐妹妹一起拔下泥人的脑袋玩。现在想起来，那是多大的罪过！

长大后，懂得了泥人张的价值，却一件难求，多方寻觅，只遇到一件小品，八厘米高，还是《八仙》中失群的一件《汉钟离》，并是未施彩的素胎，然而造型十分老到，衣纹简洁大气，袒胸挺腹，执扇而立，沉雄厚重，神情动人。极小一张面孔上，肌沉肉重，目光深邃。这样的传神本领与雕塑气质，应属二代张玉亭——我总算找到一件张玉亭的作品！由于历时长远，久经把玩，虽是泥胎，包浆厚重，有如铜铸。立在书架上，只有它才能与我那些关于泥人张的文字遥相呼应。

汉钟离

在我这一代人的书房里，电脑顶替手稿，电话变为手机，相机胶卷换成存储卡，书信变成邮件。虽然从此没了珍贵的信札，心里的一种特殊的负疚却也少了很多。

在书信时代，读者的信是永远还不清的一笔债务。在伤痕文学时期，往往一部小说发表，就会带来几麻袋的读者来信。这些信来自天南地北。从信中密密麻麻的字迹里，能感受到那些遥远又陌生的读者炽烈的情感与真诚的心，他们渴望与你对话，但你无法应对这种终日不绝、海量的来信。我坚持把每一封信看完，将一些觉得应该回复的信摞在桌上，可是真能够回复的却如沧海一粟。我常想人家一定会埋怨我的，但我苦无良策。如何向他们解释我的苦衷，向他们致歉，偏偏那时没有网络。

有一次，一位读者连向我发了三封信，没得到我的回复，再一封信就发火了，怒气冲冲地谴责我摆架子。我赶紧给他签了一本书寄去。谁料他又来一封信，这封信他自责错怪了我，明白我的读者绝不仅仅他一个人，并发誓不再来信叨扰我。叫我感到这读者的可爱——他是一个挺率性的人。

我从不埋怨我的读者，反而高兴地认为这是一种文学效应。文学效应像社会效应那样五光十色。没有读者才是可怕的。作家可以孤独，文学不能孤独。文学永远是与读者共存的。

那时，每隔一段时间我就会把书房的书信整理一下。把读者的信捆成捆儿，装进纸箱或麻袋。我搬家的次数太多，书信太多，有的遗落了，还有一次堆放在半露天的阳台上，遭到雨浇却不知道，过后大多毁掉，这使我想起来很懊悔，人间的许多情意，往往就这样如烟一般过去了。然而这些读者的信，却告诉我应该为谁写作——这个我永远不会丢掉。

八十年代的读者来信

自印书

自写自编自费印的书，叫作自印书。其实古人的书都是自行印制。现代社会只承认专业出版社的正式出版物，私印是个人行为，不被公认。然而，自印书往往有它私自的理由。它不想公之于众，不想在社会流传，只为自我欣赏，馈赠好友，作为一种美好的纪念与文存。

这样的书在我的书房里有三种，都是大型图文集，设计与印制都十分考究与精美，都是限量印刷，印数极少。

第一种是《生命经纬》。

2011年我虚岁七十。我的好友韩美林和周建萍在他们家给我举办一个丰盛的生日晚会。几十位文学、音乐、美术、舞蹈、影视艺术界的好友来向我道贺。这叫我极受感动。于是我决定转年（2012年）实足七十时，在北京画院举办大型画展，答谢诸位好友。礼物便是这部精制的图文集——《生命经纬》。

这部《生命经纬》分上下两册，上册为经，是我七十年的人生历程，故此册亦名"时光倒流七十年"；下本为纬，是我并行从事的四项工作：文学、绘画、文化遗产保护和教育，故此册又名"四驾马车"。

一经一纬，交织成我生命的全部。

我这样做，是要把自己的全部交给朋友。

第二种是《金婚图记》。

2016年是我和妻子的金婚之年。每个人的金婚都是一个沉甸甸的人生果实。有人问我会不会把它写下来？我说不会。人生有些事要写出来，有些事还是放在心里好。于是我翻箱倒柜从自己大半生的照片中甄选出一千张照片，这些照片都是我和妻子两人在一起重要的事件和有价值的生活细节。每一张于我们共同的经历都弥足珍贵。我以编年史的方式，编制了这本厚厚的人生图集。我想用这些视觉图像构建出我们过往的时光隧道。人，只有自己的经历才是属于自己的。这样做，为了一种纪念，也为了一种再现与重温，同时送给自己的亲朋好友，共享这个时光。我只印了一百本，编号赠给亲朋好友。

第三种是《霓裳集》。

这部书是我为妻子顾同昭编印的一本画集，用以纪念我们结婚四十年（红宝石婚）。我在为这本书所写的序言中说：

"同昭与吾同窗习画，吾工山水，同昭擅长花鸟人物。曾于三十年前见此古画稿数十帧，皆为散页，既无署名，也无款识，不知出处，却爱其人物姣好灵动，风格娟秀清劲，遂用心摹之，颇得神髓。立笔竖扫，如锥划沙，驰腕运锋，似风拂水。虽是摹古，亦白描人物之精品。然当年以画为业，未将此摹本视为珍罕。谁想经历'十年'及地震，多年书画毁于一旦，此摹本却是劫后仅存，堪称宝物。今岁乃吾与同昭结为伉俪四十周年。举凡文人大事皆付诸笔墨，因将此画作刊印若干，以赠友人，并纪念以往，回味昔时苦乐参半之丹青生涯及人生漫漫长途是也。"

编此画集时，为彰显画意，我为每幅画起了画名，并配以历代诗词名句。友人范曾见了，遂为此集题名《霓裳集》。

这三部自印书，乃我珍贵的人生档案，故藏之于心居。

张大千

曾有一位画家对我说，他的画是天价。因此从不送人。

我明白他的意思，是怕我向他索画。我笑道，我家里从不挂别人的画，只挂自己的画。

我的理由是，画画的人总看别人的画，就会乱了自己的心性。

我确实是这样做的。我年轻就画画，见过的名画好画太多太多，却如云烟过眼，不曾着力留下。我花钱买的往往是与历史、文化、民俗相关又具审美价值的物件。

手里仅有的几幅名家之作，大多有些特别的故事，比如张大千这扇面。

这不是藏画，而是一种家藏。它来自妻子的外祖父孙震方。

孙震方是民国时期有影响的实业家，中国银行首任总裁孙多森之子，其祖孙家鼐是光绪帝师、四部尚书，也是京师大学堂（今北京大学）的创办人。孙震方凭着家庭实力的雄厚，担任中孚银行常务董事和通惠公司的总经理，是名扬京津沪的显贵公子。

中孚银行的一位董事傅增湘，不仅是民国时期的权贵，做过教育总长和故宫图书馆馆长，还创建了北京师范大学，是胡适、刘半农、徐悲鸿、许广平等人的老师。傅增湘与张大千是挚友，经傅增湘介绍，孙震方结识了张大千，并成为朋友。这幅扇面是1935年8月为孙震方所画。上边的题跋是：

纱帽笼头在水边，

他家亦有钓鱼船。

因何不钓空空坐，

钓得鱼来不值钱。

拟陈原舒笔似，养儒仁兄方家正之，

大千居士，时客故都蛰庐。

款识中的"养儒"是孙震方的别称。画中闲坐舟中的人物头戴官帽，身穿红衣，分明一位朝官。

这在张大千画中绝无仅有，应是隐喻孙氏先祖，不仅为国之栋梁，亦寄情山水，心胸广阔，志存高远。张大千送给孙震方的不只是扇面，还有大幅画作。

孙震方自1931年在天津英租界推广租界（今五大道地区大理道上）建造了一座大型西班牙风格的花园别墅，是天津最大、最漂亮的一所私家别墅。别墅的三面分别在大理道、常德道和云南路上。我妻子的童年就是在这座房子里度过的。

四十年代末孙震方家道中落，五十年代他将别墅卖给政府。这座房子因毛泽东主席1951年为刘青山、张子善事件来津时住过而改称"润园"。

我妻子目睹她外祖父的家道中落、盛极而衰、物去人非的情景。这扇子便是这株大树凋落时随风飘去的一片叶子。直到近年，消失的扇子在人间历尽周折后，竟又在社会上出现。我便及时把它收了回来。这也算是一种寻根。

此扇面乃張大千為吾表兄馬閒雲外祖父孫震（？）作
孫震方字養儔孫家舊後人臨大千扇真作為
多幅此真蹟也可視做家藏
己亥 孫手

張大千山水壽怡圖　　　庵人

旧物重现往往需要机缘。比如我自己的外祖父与康有为友谊甚笃，康有为留在我外祖父家的书法颇多，有匾额，有对联，也有诗文。二十世纪六十年代舅父穷困，那时社会上并不把康有为的书法视为珍贵，舅父便尽其所有，一起卖了，总共竟有三十六轴。舅父雇一辆三轮车，把书轴放在车上，叫我押车送到艺林阁，卖价很低，一轴仅几元钱。当时我对康有为还不甚了了，只觉得可惜。后来有了文化寻根的心理，每次大型书画拍卖，都要从中浏览一下，找一找自家流失的东西，却一直了无踪迹。

书画一旦卖掉，如飞去的鸟，很难飞回。这张大千的扇面，应是个幸运的例外。

我的许多书的后边都有一个无形的故事，我不说，谁也不知。它们隐形于书架上。

比方这两本。一本是司汤达的《帕尔玛宫闱秘史》，一本是大仲马的《侠隐记》。这是我的一位朋友的，但这既非他送给我，亦非他借给我，而是我"偷"来的。

这朋友是一位奇特的藏书家。他住在西城外太平街上两间老屋子里。在我的印象里，他家除去三个塞满了书的书架和两张单人床，好像再没别的东西了。他与一位又小又瘦的老娘相依为命，四十多岁还没成家。他太穷吗？但是当他站在满满几架子书前时，俨然是一个十足的富翁。他的书都是依照文学史排列的，名著一本不少，而且他对书籍的版本以及外国文学的译者十分在乎。比如巴尔扎克，他只要傅雷的译本。除非某一部书傅雷没有译过，他才收藏。比如穆木天译的《驴皮记》或陈占元译的《高利贷者》，傅雷都没有译过。他还有不少中国古代小说中的"禁书"，比如《肉蒲团》《杏花天》等，多是民间书坊木版印制的"巾箱本"，被他密藏在一个小柜橱里。他从不借人，也没借给过我看。他藏这些内容荒唐、故事离奇的书，恐怕与他在一个豫剧团里做编剧有关。

他做人做事严格得近于苛刻。每每我向他借书，他会给我确定还书的限期。如果我延误期限，他会跑来讨要。他嗜书如命，更关键的是他这种依照文学史脉络的藏书，确实一本也不能丢失。如果我延期了，再向他借书便有些难了；如果我提前看过还给他，他会笑呵呵主动再推荐一本好书给我看。

很难想象1966年"扫四旧"中焚书毁书对他是怎样一场灾难。

他想出一个自认为绝妙的高招。他与街道居委会中一个负责人关系不错，便主动将他的所有藏书"上缴"给街道居委会，锁在居委会一个堆杂物的小屋里。这位负责人答应他，等"扫四旧"风潮过去，一准还给他。为此他还十分得意。

转年，我去新华书店古旧书部，找一位在那里工作的朋友去玩。发现走廊里堆了大批的书，都是我喜欢的书，再一翻，很多书的扉页都有我那位藏书好友的签名。我很惊讶，一问方知这些书是社会送上来的"四旧"书籍。领导叫他们挑挑拣拣，有价值的先封存起来，没价值的送造纸厂。

我说借我几本看吧。我的朋友说，借什么呢，说不定明天就送造纸厂了，你就"偷"几本走吧。我便拣来了几本，掖在书包里背回家，这中间就有这本《帕尔玛宫闱秘史》（《帕尔玛修道院》的最早译本，还是诗人徐迟翻译的呢），李健吾译的《侠隐记》（《三个火枪手》的最早译本），好像

帕爾瑪宮闈秘史

司湯達 著 · 徐遲 譯

还有乔叟的《特罗勒斯和克丽西德》和丹纳的《艺术哲学》。

我把这几本书拿回家后不多天，我这位藏书的好友来访。我把书拿给他看。他一翻，大惊失色，瞪大的眼珠四边露出眼白，他问我这书是哪里来的，我实话告他。那一瞬间，他的脸像新纸一样刷白，还有一种死亡感。

记得那天他告辞离去时，我把这几本书给他，想给他一些安慰。他却摇摇手说，人死了，什么也不要了。

我感受到他心中一片荡然与绝望。

于是，这本书成了我的藏书，当然藏的不仅是书，而是一个人、一个时代的绝望。

我这个朋友已不在多年。人无法记着的，历史的事物却会记着。

龙山玉

桌上老式台灯架上拴着一个小物件，来自一画友的相赠。此物甚老甚怪，其色灰黯，初见似石。然而，石古玉化，玉古石化。细看原来是个玉雕的小配饰。

此物形制更怪，一端粗，一端细。细的一端看似微曲的手指；粗的一端打一圆圆小孔，用以拴绳挂身。

此玉雕工极简，只有四条凹痕。三条在底部，好似"手指"弯曲之皱褶。一条在尾部，不知何意，自然也不知何物。

一日，把玩此古玉时，忽然看明白。这弯曲部分是男人性器官，尾部那一条深痕，原来是女人性器官。远古人就这样直直地表达出他们强烈又单纯的生殖崇拜。

记得我曾在维也纳古董市场拉什马克，买到一件西非古老的木雕神灵，下边裸露着雄健的男性器

官，上边却是怀了孕而鼓成球儿的女
人的肚子，这也是一件生殖崇拜的偶
像，也把男女性器官放在同一个生命
体上。

这可谓最浪漫、真率又伟大的生
命想象！

生命的传衍是生命的本能。它是人性中最重要的一部分。在纸醉金迷的当代社会，它还会被我们视为神圣，当作图腾吗？早已成为消费社会的卖点了吧。

我这画友赠我此物时，问我："你知道这是哪儿的东西吗？"

我说："我若说对了，你把它送给我；我若说错了，你拿去送旁人。"

他笑了，说："好，你说。"

我说："龙山。"

他又笑了，把这龙山古玉塞在我手里。

这龙山玉就挂在我台灯下边，奇美雄大。写作时，偶尔拿来品味一下七千年前远古人最原始也是最本质的所思所想。

孩童时候，在那些走街串巷、形形色色的小贩中，我最喜欢的是"换小金鱼"的。

这种小贩的吆喝是"破瓶破罐，换小金鱼的来哟……"。就这一句吆喝，把他的买卖的内容与方式全都明明白白喊出来了。这种小贩都是挑一个扁担挑儿。扁担后端是筐，里边全是破瓶烂罐；前端是个木盆，木盆中间用木板分成几个格子，放着品种和大小不同的彩色的小金鱼，还有活灵灵的蝌蚪，好似墨写的逗号在水中乱跑。你若想得到几条美丽的小鱼并不难，只要从家里翻出一些没用的瓶瓶罐罐，就可以从他这里换到。他不要钱，只换东西，这是古代乡村集市所采用的"以物易物"的买卖方式。可是这种方式对我那个年龄的孩子来说，再容易不过，不用向大人讨钱。小贩也很省事，拿着这些瓶瓶罐罐去到废品收购站立即可以换成现钱。古人这种"以物易物"的方式真是简便，明明

白白，也少欺骗。

在与这种小贩换金鱼时，往往还会有意外的收获。如果你从家里找来的瓶子大、罐子好，他不但会从木盆里给你挑一对大红色、泡眼的龙睛鱼，还会从挎包里掏出一个泥人送给你。我特别喜欢这种泥人！多是武将，个儿不大，却威风八面。粉底彩绘，鲜明夺目，虽然只有红黄绿三色，却如同浑身锦绣；黑墨开脸，立目横眉，背插旌旗，执刀而立，叫那时的我感受到一种令人钦仰的英气。尤其这泥人下端有一节苇哨，用嘴一吹，好似这员大将忽然大声叫喊起来。

我不知自己曾经有过多少这种泥人。几十年中，多次搬家，我虽然没有刻意去保存它，在我的书房里却总有一两个泥彩大将，带着一种儿时的感觉和特殊的简朴又单纯的美感，立在柜里或书架上。后来，才知道这泥人出自河北省的白沟。在民艺学家那里，这泥人叫作白沟泥玩具，而且因为风情独具，名气不小。

我一直想去白沟看看那里泥人的制作，很久之后才有了机会。二十世纪九十年代初我去河北省武强了解年画，绕道去了一趟白沟。这期间，白沟已成了北方小商品的集散地市场，很像后来的义乌。谁知到了那里一问，居然没人知道白沟泥玩具。在那些超大的商品市场里，塑料玩具、电玩具、机械玩具很多，丝毫寻不到白沟泥玩具的影子。后来在一个茶摊上，问到一位当地的老爷子。他知道这东西，但他说："先前是有，多少年不见了。那东西只是块泥巴，抹点颜色，不赚钱的事谁还干？"

白沟的东西在白沟都不当回事，天下还会有几个人去保存呢？

第一次听到风铃是在美国爱荷华聂华苓的家里。

那是1985年，我和张贤亮去参加聂华苓和她先生、诗人安格尔主持的国际写作计划。我们和应邀的各国作家住在爱荷华大学的学生宿舍五月花公寓里。公寓后边是一个林木深郁的小山丘，聂华苓的家就在半山上。由于层层大树的遮翳，我们不能隔山看到她那座简洁又优雅的山间木楼。

聂华苓对来自中国大陆与台湾的作家有一种天生的亲切的情结。常常会在晚饭后打来电话，招呼我们去她家聊天。我和贤亮便绕到公寓后边，登着一条山路去到她家。山不高，我们那时都四十多岁，身体有劲，说说笑笑就到了她的楼前。

她的客室在二楼，很宽敞，一角放一张长长的餐桌。许多不同样式的椅子中间放着一些艺术品。安格尔喜欢面具，靠楼梯的一面墙上挂满来自不同

风铃

国家和民族古老的面具。如果你表示喜欢，他就会像孩子那样高兴、得意。

客室朝南一面，有一扇门通向一个宽阔的木构阳台。站在阳台上可以看到爱荷华河流淌在大地上的远影，就好像一条长长的带子伸向无尽，夕照时这带子好像镀了金那样闪闪发光。

我们在一起聊天时，不时会听到一种极轻微、悦耳又悠长的声音，一种好似发自金属里的声音。我问聂华苓这是什么声音，她说：你对声音这么敏感。她领我到阳台看，屋檐下一根细绳吊着一块圆形的木片，木片下边挂着十来根银色的钢管，每有风来，钢管轻摇，彼此相碰，遂发其声。

聂华苓告我这叫作风铃。那时，我们刚从封闭的社会走出来，第一次听到风铃这名称，第一次见到这种如此美妙地取声于微风的事物。也许那次在爱荷华的时间太长，去聂华苓家的次数太多，回国后每每怀念那次经历，念及华苓，总不免想起这铃声。由于有了往日的情愫，这铃声便更加妙不可言。但声音的记忆总是飘忽不定，很难像画面那样具体地想起来，那次我为什么不从美国带回这样一个风铃？

大约六年后，我到巴黎做人文考察，在巴黎圣母院对面的拉丁区住了两个月。一天傍晚在街上散步时走进一个小店。这店里所售的物品全是与大自然相关。我忽然见到屋顶垂下几个风铃，其中一个竟与聂华苓家阳台上那个风铃完全一样，这使我异常惊喜，买回来，挂在我书屋外的阳台上。

　　每每有风，便有铃声。每有铃声，心里便有一种牵动着昔日与往事的感觉。

　　人不能陷在昨天里，又不能忘却昨天。

现在有了手机，屋里很少放表。

我却有个表，一直放在柜中。但这表的表针不走，总停在四点五十多分的地方。为什么我要放一个不走的表在书房里？

这个表是我结婚时买的。那时受难受穷，连床都是用砖头和木板架起来的。但结婚是我和妻子的人生大事。我们将手里一点点钱盘算再三，只买了两样东西。一是一台很小的天蓝色木壳的收音机，一是这个小表。圆圆的，小小的，米黄色外壳，黑盘铜字，小且端庄。最奢侈的是表针上涂了夜光粉。我们买回来后关上灯，被发亮的表针惹得好高兴。

这表是1966年买的，用了十年，从未出现问题。1976年唐山大地震，殃及天津，我家又处在地震带上，房倒屋塌，一家三口幸免于难。大多家什都毁掉了。结婚时所买的那两样东西——收音机砸

得粉身碎骨，小表从废墟中挖出来，
但玻璃表蒙碎了，表针不再走，正停
在地震的时间上。

　　我不去动它。为了叫它记住我人
生中的两件大事：1966年的苦中作乐
和1976年的幸存于世。

我有几尊关公像。我喜欢民间对关公的定义——忠义、阳刚、驱邪。但摆在我书房里的这一尊有点特别。高一尺，石雕，有彩，风化得厉害，左边的脸甚至有点模糊漫漶，带着一种浓烈的历尽沧桑的气息。

这是尊纯民间的神像，雕工写意，却极传神，没有半点人为的刻意，鬼斧神工，一任天然。关公端坐着，立眉瞪眼，神色肃然，刚猛威严。惟一奇异的是他右手握一柄短剑。一般关公都手握长柄大刀，何曾执剑？

卖这尊神像的小贩说，这不是剑，是刀。这神像刻的是"关老爷磨刀"。我知道，民间相传农历五月十三是"关公磨刀日"，磨刀不是用水吗？所以，关老爷磨刀日就是老天降雨日。是日，中原及北方有习俗，村人跪拜苍天，演关公戏，吃面条，祈雨。更广泛的意义是祈望风调雨顺和五谷丰登。可是古来谁见过"关老爷磨刀"的神像？我将信将

关

公

疑，将它请到家中。我收藏的几尊关公像，有的摆在客厅，有的放到学院的博物馆里。惟有这尊"关老爷磨刀"一直在书房里放了二十多年。

不是为了祈雨，也不是为了此像稀罕，是因为这雕像充满民间的淳朴、率真、稚气、随性、放达。左半张脸可能常被风吹，风化日久，面孔模糊，但神情犹然。凡具此气质者，皆为至上之美。

烛台

一件过时的东西，一直在我书房里，是烛台。

二十年前城市还缺电，常常采取划区轮换停电的方式，缓解城市电力的不足。有时写作中突然断电，就赶忙摸黑找蜡烛找火柴，生怕思绪中断。那时没有烛台，便先点着蜡烛，滴几滴蜡油在桌面上，再把蜡烛立好，粘住。

在晃动的烛光中写作别有滋味。虽然光线一闪一闪，反而更有宁静的感觉。烛光微弱有限，只照亮稿纸那一点地方，四周却由于漆黑一片而显得空阔无边。孤单感是写作时最好的感觉。一种别无牵绊、可以神游天地的感觉。我在散文《时光》中写过这种因为停电而秉烛写作的感受。有这样一段文字：

今晚突然停电，摸黑点起蜡烛。烛光如同光明的花苞，宁静地浮在漆黑的空间

里；室内无风，这光之花苞
便分外优雅与美丽；些许的
光散布开来，朦胧依稀地勾
勒出周边的事物。没有电
就没有音乐相伴，但我有
比音乐更好的伴侣——思
考和想象。

我瞪着眼前的重重黑影，使劲看去。就在烛光散布的尽头，忽然看到一双眼睛正直对着我。目光冷峻锐利，逼视而来。这原是我放在那里的一尊木雕的北宋天王像。然而此刻他的目光却变得分外有力。它何以穿过夜的浓雾，穿过漫长的八百年，锐不可当、拷问似的直视着任何敢于朝他瞧上一眼的人？显然，是由于八百年前那位不知名的民间雕工传神的本领、非凡的才气，他还把一种阳刚正气和直逼邪恶的精神注入其中。如今那位无名雕工早已了无踪影，然而他那令人震撼的生命精神却保存下来。

在这里，时光不是分毫不曾消逝么？

植物死了，把它的生命留在种子里；诗人离去，把他的生命留在诗句里。

此刻，我的眸子闪闪发亮，视野开阔，房间里的一切艺术珍品都一点点地呈现。它们不是被烛光照亮，而是被我陡然觉醒的心智召唤出来的……

这样，突然的停电对于我，就不再是遭遇到麻烦，而是异样的富于灵性的写作环境的光临。

这就使我一次访问波兰时，从街上一个小摊上看中这个古朴的烛台——一丛金属铸造的叶子相互缠绕，生气盈盈地托起一个圆圆的烛盘来。每将蜡烛立在这高高的烛台上，烛光的覆盖就更宽广更均匀。因此它一进入我的书房，就成了书房的必备之物。

然而，到了二十世纪末，城市缺电的时代已经过去，不再停电了，但我没有遗弃这个烛台。有了它，过往岁月一种特有的生活——秉烛写作的温馨的记忆，还被我留在书房里。

日记

日记是我最"勤奋"的写作，每天一篇，很少空缺。

但是我写日记，毫无文采，鲜记感受，只记当日之紧要。我的事情一直是千头万绪，这样记下来，可以为将来查寻一些事件留下线索。我的日记只是我每天的足迹而已。

我写过一句话："生活就是创造每一天。"我最怕一天里碌碌无为，逢到这样的日子，我便在日记上尴尬地写上一句"闲了一日"。

我的日记是私密，不是写给别人看的，故而十分潦草，也极简短。日记多是晚间"记"的，此刻常常人困马乏，无力再写，便以漫画搪塞。漫画可以换一种表述的感觉。这样我的日记看上去就有点像草稿本，一种极随性的写写画画的草稿本了。

我年轻时就有写日记的习惯，最初的日记是"学生体"，幼稚又真诚，心里什么事儿都记在日

《2015（乙未）日记》之一页

9月8日（二）
已制定好关于往去摩铜像揭幕和诗歌者子
会的方案，下午开会布置。
陈东红，楼宿听，开以两事内者却已研走。
半机部阔水流石内状。
虚以子家载情，儿龙林建设归水毛峰诺水事。

9月9日（四）
下雨，秋凉。子院小藤叶红了。
下午新华社果行两小时。尽者陆庆泽了。

9月10日（五）
上午与北洋会喀田任志年决陆床决出了。
决还了去向。来向新每一付表人未访。
決出古村蒋事。
下午布置加荷查果工作。后体度日錶
会意四空多亚起走，为陆床子工陆呱。起事批透
工作文案。此个事苦悟加百太，因水别对老体制）

尽管我心中仍有许を
理积及恋情，但于去
何道，知我者几何？真该
换个活，法了。

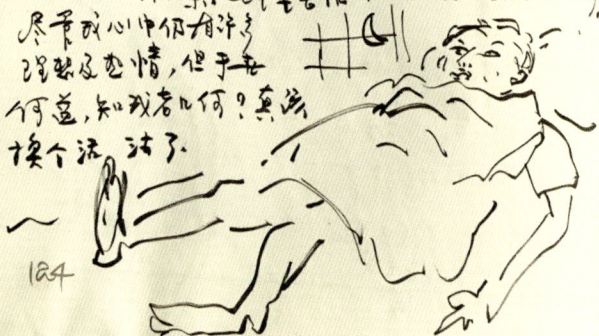

124

记上，那几本最初的日记在抄家时险些给我惹出大祸。从此就中断了日记的写作，直到二十世纪末介入文化遗产抢救后，天天千头万绪，凡事必记，不记则乱，这便开始了这种流水账式的日记。每年一本，至今已二十余本。逢到出国在外，还有一小本日记式的"出访笔录"。

这些过往的日记，今天看来则必不可少。比如我写《漩涡里》，要弄清近二十年文化遗产抢救密集、纷纭、纠缠一起的事件与头绪时，日记给我提供了极其清晰与准确的依据。

如果有日记，过去的每一天都不会丢掉；如果没有日记，过往的日子就是朦胧一团。

在没有百度搜索之前，我写作离不开词典。在过去四十多年的写作生涯中，总共用过三部词典，现在都很破旧，成了我个人艰辛写作史的一种见证，也是一种独特的"书斋文物"。

我最早的一部词典好像上学时就用了。它是1947年商务印书馆出版的《汉语词典》。这本词典由语言文字学大家黎锦熙编写，初版时（1936年）名为《国语辞典》，应是民国语言第一部词典。收录的字、词、词语四万多条，详备而实用。它最初不是我写作的工具，而是学习之必备。在我的印象里，词典是无所不知的，我从中获益颇丰。

我年轻时有一个画友，他父亲有个奇癖，平生只读一部书，便是这本《国语辞典》。每次去朋友家玩，都见他胖胖、光头、少言寡语的父亲，手捧这部厚如大砖的词典，津津有味地读着，好像看小说。冬天穿着厚绒衣在屋里看，夏天光着膀子坐在院里一个小板凳上看。我很奇怪，词典里边的词语彼此无关，有什么好读的？我的朋友笑嘻嘻说，他也不明白父亲兴趣何在。反正父亲只要闲下来，就读这词典。而且读得认真，一页页，一条条，一行行，从不疏漏。

他父亲故去后，他说父亲一生把这部一千二百多页的《国语辞典》整整读了一遍半。

过了许多年我忽有所悟，是不是因为那时绝大部分书都是"封资修"，全被禁了，不能看，看词典最安全？

我的第二部词典是中国科学院语言研究所编的《现代汉语词典》，也是商务印书馆出版的。1977年我到人民文学出版社修改长篇小说《义和拳》时，责编李景峰推荐我用这本词典。我买来一用，果然好用，简而不漏，阐义明确，检字方法多（拼音、部首、笔画），十分便捷。我很喜欢这本词典。在新时期十多年海量的创作中，它好像我行路使用的一根手杖。我在人文社改稿时，经常往来京津，随身的包里总要带着这部词典。写作时，右手执笔，左手常去翻它，以至把它翻得残破不堪。

另一部是1993年一位朋友送给我的——海南出版社出版的《新现代汉语词典》。此时，商务印的那部词典已经过于残破，不忍再翻，每当查词找字，就来翻这本，十五年过去，待到2007年前后手机上有了极其便捷的百度搜索，才放下了它。这部词典也被翻得皮开肉绽了。

我后悔当年没有善待它们。它们给我勘误与解惑，太多的帮助，我却只把它们当作一件干活时必不可少的"苦力"。一次，在莫斯科拜谒托尔斯泰故居的书房时，看到他书架上的一本本词典，庄重精美，有如圣典，再想想自己用过的几部词典好似伤员那样，个个遍体鳞伤，形骸狼狈，使我颇感羞愧。又想一想古人"敬惜字纸"那四个字。我身上是不是不知不觉也沾染上一种有辱斯文与功利主义的时代恶习？

我至今也没将这三本词典好好修复。原样地放在这里，是为了叫它们耻笑我吗？

对某些书一时的热爱，过后会留在书房里，比如对林纾（琴南）的译著。

我对林纾先生首先是敬意，他是打开文学国门、引进世界文学的先行者；次而是他并不懂外文，为了做自己要做的事，"借别人之手使自己之力"。将懂外文的人的口译和自己的文笔结合起来，以这种从未有人用过的方式，将大量世界名著的经典介绍给国人，也为近代新文学运动提供了世界性的启示。

再有，他亦是画家。这种诗文书画触类旁通的文人尤其叫我关注。

我的书架上原有他的几本译作，如托尔斯泰的《现身说法》（《童年·少年·青年》）、狄更斯的《块肉余生录》（《大卫·科波菲尔》）等。一次，我从一家拍卖行中拍得林纾与其好友王寿昌合作的译著——小仲马的《茶花女》，刊行于1899年

林琴南

（光绪二十五年），这也是林纾走上翻译之路的起点。由此便引发我一个藏书的狂想：将林纾所有译著一网打尽，全部收集到手。

尽管林纾的译作都是百年前的版本，十分鲜见，但经多努力，还是一本本收集到了。比如，《鲁滨逊漂流记》《贼史》《不如归》《芦花余孽》《金风铁雨录》《橡湖仙影》，等等。那几年，我对林纾译作的收集可谓用心又执着。

我的一位好友张仲先生见我如此痴迷林纾先生，拿来一轴画送我。打开一看，竟是林纾先生的山水轴。画中山峦与水湾的交互曲折中，一人策马缓缓前行，仆从默然随后。此刻，丛生的林木已被秋风片片染红，显出这个季候特有的萧疏。画上题道：

霜叶经秋已渐红，

溪山如在画图中。

兰台走马原无分，

何事随人作转蓬。

霜葉經秋之如紅粧
山水在畫圖中 蘭亭云之
馬疏林下 同子隨人化詩逢
乙未花月 京師客舍寫之
荷庭林紓詩

林琴南《秋山行旅图》

诗题后的年款为己未，应是1919年，时年林纾已六十七岁，创作力却依然旺盛。这一年他翻译了托尔斯泰的《恨缕情丝》（《克莱采奏鸣曲》）等五部中长篇小说作品。

　　我如此刻意收集林纾作品，并非为了阅读，当代的阅读已然不习惯林纾那个时代的文言体了。我是作为一种善本，一种中外文化珍贵的历史文献来收藏的。但是最终却没有完成这个初衷。主要缘于林纾的译本太多，总数大约达到一百八十种，而且历史久远，许多版本苦无踪迹，欲求无门。我终究不是专门的藏书人，渐渐便放弃了。

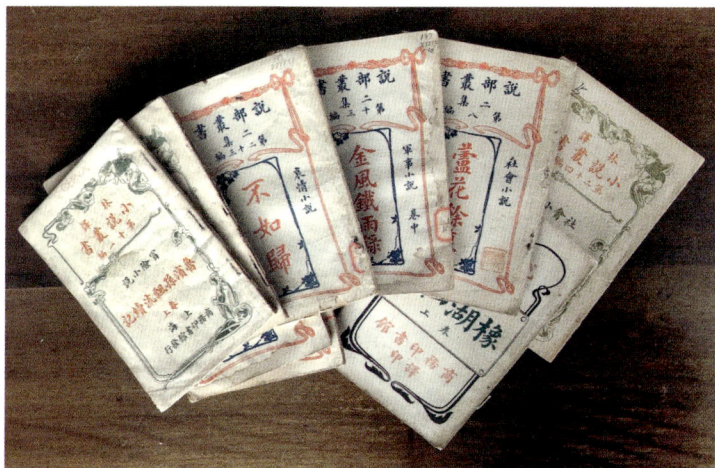

林译世界名著

林译小仲马的《茶花女》初版

绿茶

我的书房中不能缺少的一种饮料是绿茶。但我饮茶始终没有进入"品茶"的境界，依旧还是喝茶。这原因大约来自我年轻时喝茶的习惯。

六七十年代的生活极其粗鄙，没人提品茶，喝茶如喝水，渴了便喝。那时没有"茶文化"这个概念。喝茶只是因为茶比水多了一点味道。茶的味道很容易上瘾，水里边总要有一点茶味而已。那时的天津人喜欢喝茉莉花茶，花茶香浓，茶色又重，而绿茶无论颜色还是味道都太清淡，很少有人饮用。

还有，那时人穷，一杯茶一定要喝到没味儿，喝成了水，才肯倒掉。

当时，我工作的书画社里，有一位老先生，画浅绛山水，风格近"四王"，人很清贫，别人喝得没味儿的茶根他全都要，他将湿淋淋的茶叶捞出放在吸水的宣纸头上，摆在窗台上晒干，然后收进一个铁盒。这"二手茶叶"便是他平日的饮用茶了。

人问他味道如何，他却说有味儿，不知味从何来？

　　后来社会开放了，去日本一看精致考究、程序繁缛的茶道，不免吃惊，日本人喝茶竟这般"自找麻烦"。看来粗鄙的生活已经把我异化了。

　　现在生活宽裕了，各种好茶都能遇到，渐渐爱上了绿茶，遂改了嗜好。但我依然不讲究，书房里小桌上一堆大大小小的茶罐，虽然都是绿茶，却各类尽有，什么龙井、碧螺春、黄山毛峰、太平猴魁，乃至浙江诸地的白茶，等等，碰上什么喝什么。其缘故，一是我的精力不会放在茶上，一是当年的贫穷与粗糙的生活留给我的根性顽固，很难更改。

　　我对饮茶最上乘的享受，是在写完一篇文章或画就一幅画之后，坐在连廊里，听一点钢琴和提琴，倘若此时赶在春天，南方的友人寄来一点明前的龙井，或老家宁波慈城邮来两罐家乡特产的望海茶，便用玻璃杯沏上一杯，呷一呷这绿光晃动的琼汁玉液的滋味，但这种心血来潮又悠闲的雅兴在我的书房里，一年最多不过三五次吧。

人总是在事后才认识到做一件事的初衷与价值，所以我们很难保存自己最早的手稿。我很幸运，现在还完好地保存着一部早期的书稿——《天津砖刻艺术》。写这部书时我二十一岁，当时在一个画社里做摹制古代绢本绘画的工作。那时我对津门地域的文化十分痴迷，包括老城内外街头房屋建筑上随处可见的精美的砖雕。不过，当时这些砖雕在世人眼里已是昔日的弃物，不被爱惜。其他一些珍贵的民间美术的境遇也是这样。于是我想做一件事，对天津主要的地方民间美术做全面的调查、收集、研究，再编辑出版。我不想只从现成的书本里找材料，我要亲自调查。那时我还不知道"田野调查"这个词儿，而且我的计划庞大，雄心勃勃，要把整个城市的民间美术遗存全部查清。现在想一想，几十年后我做全国民间文化遗产和古村落保护，不也是关切着濒危的田野遗存，要去做一网打

最初的书稿

尽、盘清家底的抢救性调查？不都是这样的思路？不正是这样一脉相承的吗？

大约一年多的时间里，我每天都将一个木凳子绑在自行车车座后边的架子上。胸前挂着一个从朋友那里借来的老式的"127"相机，衣兜里揣着一个小记录本，在老城那边一条条街地走，左顾右看，见到有砖雕的房子就停下来，把绑在车上的凳子取下来，踩上去给砖雕拍照，再掏出小本做文字记录，而且还要想办法走进院内看看。可是人家不知道我是做什么的，看模样我年纪太轻，不像是房管部门的公职人员，往往便对我生疑，我又无法说清自己的想法，说了他们也不能理解。看来，我那时做这样的事情就不被理解。

经过大约一年多的努力，我基本弄清了天津砖刻遗存的分布情况。我绘制了一张"天津砖刻分布示意图"，图中以线条的粗细表明各处砖刻存量的多寡。比如老城内北门内大街、南门内大街、南开二纬路、估衣街、河东粮店街和金家窑遗存甚丰，我就标以粗线，余皆细线。

在调查中，我还有一个重要的收获，是找到了

当时依然健在的天津刻砖名家"刻砖刘"刘凤鸣先生，从他口中，不仅得到本地鲜活的砖雕史，还弄明白他出名的"贴砖法"的由来与究竟。他热心帮助我，将门楼、影壁、屋脊、女儿墙各处砖刻的结构与功能一一讲述给我。我就是在他的指点下绘制出这些建筑各部位砖雕的结构图。

在这种从未有过的田野"实战"丰厚的收获里，我有了出书的向往。那时年轻胆子大，直接找到了美术出版社编辑一谈，得到了认可。于是有了这部书稿。

《天津砖刻艺术》是我计划中"天津民间艺术丛书"之一，接下来还要进行杨柳青年画和"风筝魏"的调查，可是由于时代风浪的冲击而中断了。《天津砖刻艺术》没能出版，石沉大海一样搁置下来。一搁就半个多世纪，谁想到这当年的书稿居然还在！是保存还是幸存？

它的意义说明我与民间文化缘分之久远与深远，它的行与思，居然与我的今天一线相牵。

今年，我的好友周立民先生见到此书稿，慧眼有识，看出它在我文化遗产保护史中"初始"的

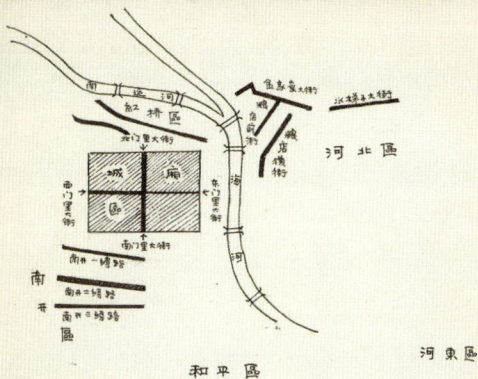

五十五年前的一次"文化抢救"

意义，帮我找到一家"知音"的出版社，以"书稿本"的形式印制成书。

于是，它起死回生了。它在我的柜子里足足躺了五十余年，现在竟然堂而皇之地立在我的书架上了。

这应是我最奇特的一本书了。

异木

多少年来我有个习惯，去一个非同寻常的地方，总爱把当地大自然或历史的东西带一点回来。这些东西毫不珍贵，却惟其独有。比如落叶、松子、异石，或历史遗迹的碎屑。

一次，在敦煌时去看榆林窟，途经那座久已荒废的唐代锁阳城，钻进了城池，走入乱土岗般的古城废墟中，在一片野木纵横中间看到一些散乱的木头，那样子有点像塔克拉玛干沙漠里尼雅古城的遗址。这一定是一处唐代的废屋，由于戈壁滩上少雨，古物不朽，再经过一千年的曝晒，已无木色，有如白骨，木头上的小孔经过风吹和风化，结晶一般晶莹剔透。一块木头只有在戈壁滩上放了一千年，晒了一千年，才会变得这样奇异。

我从地上拾了一小块，想留个纪念。待一拾起，手中却好似什么也没拿。千年的风吹日晒，不仅叫它失去木头的颜色，还失去了重量。这更使我确信古代木雕鉴定的一条经验，时间愈久，木头愈轻，只要过轻，必近千年。

我拾起的这块木头，其形瘦长，峻峭似山；其色洁白，宛如石峰。再细看，它的侧面有一明显发红的锈痕，表明这块残木源自建筑的某一部分。有了这人文的痕迹，更叫人生出许多遐想。

现在，它就立在我书桌边小柜上的一角，虽然不是一个物件，却自有风韵，什么古物也不能替代。它还常常叫我想起九十年代中期写《人类的敦煌》的那段时间，在西北考察的种种奇特难忘的情景。我喜欢大西北特有的中华文明的源头感。

这块异木之外，我书房还有金字塔小小的碎片，迈锡尼石墙上糟烂的石块，托尔斯泰庄园草地上遗落的奇大的松子，加拿大的大红叶和京都的小红叶……日本人逢到秋天，喜欢把这种极小、鲜红、精致的小红叶摆在做好的菜上。日本人是个特别讲究视觉美的民族。中国的菜讲究"色、香、味"，日本人追求"色、形、味"。"形"就是形态之美。

还记得三十多年前访问英国，与一位英国诗人散步，他顺手从地上拾一片叶子，写了一行字给我：秋天的礼物。

物本无情，情在人心。当时拾一点什么东西带回来，也许只为了把眼前的美用一点东西留住。不想岁月久了，这些由各地带来的东西便无序地散落在书房各处。偶尔碰到，引起一点触动，唤起险些忘掉的记忆。

书房的生活全部是心灵的生活。

我收藏各个朝代各类的狮雕颇多，书房只留一个，便是这个木狮。

中国原本无狮，虎为王。国人崇虎，以虎镇宅。

汉以来，狮子传入中国。特别是魏晋南北朝时期佛教东渐，佛教的说法影响了国人。佛教说狮子是佛之座，因为狮子威严无比，能食虎豹，是百兽之王，还是瑞兽。狮子地位便渐渐取代了虎，连权力至尊的官府乃至皇宫也用狮子镇守大门。

渐渐地，民间也刻狮，一左一右摆在门前。一为镇宅驱邪，一为呈吉迎祥。明清两代，门狮滥觞于各类建筑中。有趣的是，北方重官，权力至上，狮多威武之相；南方重商，喜气生财，狮多吉相喜相。

各地的狮子各有特点。比如陕西的门狮，全部面朝一角——面孔正中一条线正在这角上。从正侧

两面看，正好是狮头的左右两边。这样的门狮的造型为陕西独有。此外便是脑袋硕大，竖腿直立，瞪目张口，气宇轩昂。我书房的门狮就是这种，很典型。

但它有点稀奇。它不是石狮，是木狮，高一尺半，很大。此狮立在一方台上。木台后边多出一块，中有方孔，明显是用来安装门柱的榫口。这使我很奇怪，门狮是露天在外的，一般都用石头雕造，不会使用木头，也不会有人在二道门口再装一对门狮。我一直猜不透这门狮用在哪里。

我这门狮是失群的，现在只剩下左边这尊。它通身上漆，狮身竟用白色，只在双目和台座上的布垫漆成黑色，黑白分明。这也有点奇怪，中国民间很少使用黑白两种颜色。

我最喜欢的是这木狮的民间性，气质朴实憨直，造型简练敦厚，刀法朴拙又简练，有一种乡土的大气。还有两个地方使用了纯粹地域的民间纹样。一是台座的垫子上手绘的花卉，一是背部阴刻的"卷毛纹"，都是地地道道的民间艺人的手法。

凡经民间艺人之手，必有民间田野生活的情感。精英人士能耐再大，也造不出这种民间味道来。

契诃夫

书房里陪伴着我的是作家们。我不仅有他们的书，还有他们的画像与雕像。比如但丁、托尔斯泰、歌德、屠格涅夫、普希金、契诃夫，等等。我知道他们的思想、人生、情感、个性与气质，故而他们活生生地在我的周围。我这些雕像多是出游在外，由他们故居的纪念品店或从古董店买回来的。外国人喜欢把自己敬仰的人物做成立体的雕像，让他们还有存在感，但在国内连一尊鲁迅的雕像也找不到。

我书房一角放一个西洋的立式镜框。框架古雅，上边的金漆有些剥落，反倒有一种岁久年长的沉静。镜框里是一张缩印的契诃夫画像，印制得十分精美，原是一本俄文版画传《契诃夫传》中的插页。原书损毁，幸存此页，便被我镶在这镜框里，自七十年代就一直与我相伴。

契诃夫是我最钟爱的作家之一，我喜欢他的仁慈、清灵、悲悯，和萦绕在字里行间的那种哀伤。我喜欢他的文字像一滴滴水珠那样灵动。我书桌上还有从他梅里霍沃的故居捎回来的一个小小的青瓷狗，矮腿大耳，叫人生爱。据说这小狗曾是契诃夫生前的宠物。契诃夫还和它合过影。

我的收藏爱好之一，是收集与珍存一些文学、艺术、科学大家的手迹。据说茨威格也有这样的嗜好。我收藏的标准是我所深爱者。比如巴尔扎克、莫奈、海明威、居里夫人、李斯特，等等。但我至今还没遇到契诃夫的一页手迹，八方求索，直到去俄罗斯还着意打听，还是未有所获，这是我书房的一个带着期待的空缺。

书房中作家们的照片与雕像

巨人的手迹

书房的一角，一直放着一只老旧的黑皮箱，上面花花绿绿贴满世界许多城市的标签，里边是我一个珍爱的专项收藏——世界各界历史名人的手迹。其中有信札、签名照、公文、便条、乐谱、手稿、日记和简笔画，等等，种类繁多，上边都有这些人物的签名。由于这种信札文献都是"独此一件"的孤品，又都有海外权威公证部门的真迹确认书，故极为珍贵。

比如海明威一封写于1959年的信件。这封信是写给哥伦比亚广播公司的一位导演的，他因迟交《丧钟为谁而鸣》的电视脚本，写信致歉。

我收集到这封信时，纸包里还附着一张照片。照片中海明威坐在小凳上，俯身于矮桌上紧张地写作。这张照片与前边所说的信件不是一个时间。这是1954年海明威在东非刚果的丛林里狩猎时，为美国的LOOK撰写文章时拍摄的照片。有趣的是，这张照片的背面粘着一些剪报与纸块，透露出一个信息，此次海明威与妻子在非洲，遇到两次飞机事故，外界传说海明威遇难身亡。这张照片正是当时美国一家刊物听信谣传而发表"讣告"时配发的照片，居然还在这张照片一旁注了一句"这可能是海明威最后一张照片了"。

再比如我收集到的司汤达的一页日记。司汤达一生与意大利关系密切。他热爱与惊叹意大利的历史文化与艺术，侨居过意大利，在意大利的一座小城做过领事，曾因同情意大利的革命党人而被驱逐出境，还写过关于意大利的小说、游记和绘画史方面的文章。这页日记写于1819年意大利的佛罗伦萨。他写道："6月11日，我用了四个半小时终于精疲力竭地抵达佛罗伦萨。清晨，我带着两匹马，骑行在忍冬花醉人的芬芳中，太阳升起了。"在这仅有的几行字里，已经将他对佛罗伦萨赞美的心情溢于言表。

一组关于海明威的信札与照片

　　还有，我收集到的李斯特的一页乐谱。当时（1840年）李斯特正在欧洲巡演。他在莱比锡音乐厅的演奏获得巨大成功。舒曼曾写信给在维也纳的妻子克拉拉，盛赞李斯特。就在这期间，李斯特写了这页乐谱，据说当时舒曼就站在他身边。

　　我收集到的每一件手迹，都有一些特别的故事与细节。前两年，我曾将这些手迹印了一本精美的画册，送

La Vigia, Cuba
Feb 26 1959

Dear Mr. Cox:

One way sorry there was delay in ... wire ... The ... that delayed them but wired ... here to the PO

Best Luck with the Law

Yours very truly,

Ernest Hemingway

Met
3 col
F WRITE
12
FILED JAN 27 1954
ARCHIVED

625
He is dead

RETURN TO LIBRARY

2" DEAD

RECEIVED
FILED CAB

On a hunting trip through an east African jungle in 1954, Hemingway worked on a magazine article. On the same safari, Hemingway and his wife were feared dead when their light plane crashed.

... NEW YORK BUREAU
1047868
THE PEN IS STOPPED
EAST AFRICA: PROBABLY THE LAST PHOTO OF AUTHOR
ERNEST HEMINGWAY AT WORK IS THIS ONE SHOWING
HIM WRITING ARTICLES FOR LOOK MAGAZINE WHILE ON
A HUNTING TRIP IN THE EAST AFRICAN JUNGLE. HE
IS FEARED DEAD, TOGETHER WITH HIS WIFE, IN A
PLANE CRASH NEAR THE BANKS OF THE NILE. THE
PHOTO WAS MADE BY EARL THEISEN, WHO ACCOMPANIED
THE 55-YEAR-OLD NOVELIST ON THE FIRST PART OF
HIS SAFARI.
NY—2—24—5 MS CAN EUR-19 SA JP AUS SAF
CREDIT (LOOK MAGAZINE PHOTO FROM UNITED PRESS)

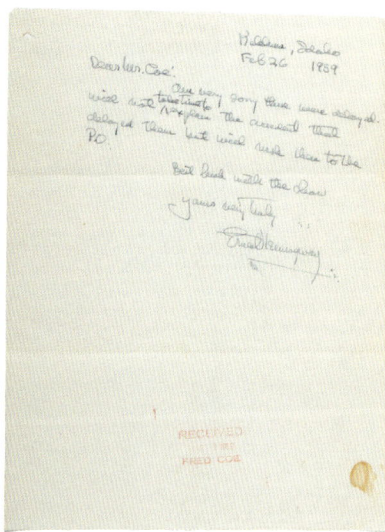

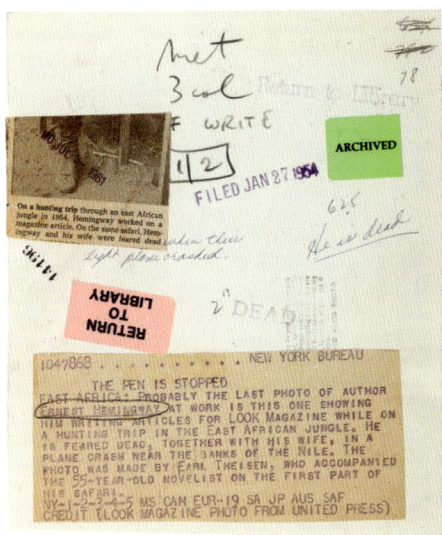

给朋友品赏，名曰《巨人的手迹》。我在画册的扉页上写道：

"出于对世界上那些伟大的作家和艺术家的尊崇，收集与收藏他们的手迹是我的一种挚爱。"

手迹是历史人物带有签名的各种文献。

手迹是人的生命痕迹，是借助笔留在纸上的一种心绪与情感，它会叫我们感受到那些伟大生命的气息。

它是我书房的珍藏，并将一直陪伴着我。

可能由于我潜在的博物馆意识，我收藏这些手迹的同时，还注意收集相关实物。比如该人物的照片原照、代表作最早的中文译本、传记，等等。

比如雨果手迹之外，我收集到《孽海花》的作者曾朴1916年翻译出版的雨果的剧本《枭欤》，比如林纾的译本《双雄义死录》。再比如柯南·道尔手迹之外，我收集到周瘦鹃编译的四卷的《福尔摩斯探案全集》，叫人感受到那个时代中国社会与文化的开放气氛。

我有大仲马和小仲马多件信札。此后我竟然同时搜集到他们父子的银盐照片。那时照相术刚刚发明和应用不久。这无疑是摄影原作，而且无疑他们本人全见过，这比信札似乎来得更有血有肉，叫我感觉他们父子一下子来到眼前。

我很早就收藏了两台爱迪生留声机公司出品的留声机。拥有爱迪生——这位留声机、电灯、有声电影等伟大发明家亲自的制作，是我很大的快乐。

我收藏的这两部留声机分别是1898年和1905年的出品。此外还有几十个蜡筒唱片，也是爱迪生的公司1908年出品，包含许多名曲和二十世纪初的流行音乐。

后来，当我见到1916年和1917年爱迪生公司两份工作会议记录文件，上边都有爱迪生如画一般的签名，我便欣喜异常。这就叫我分明地感受到历史的真实和确切感了。

过一年，我又收集到一本纽约出版的英文本《爱迪生的人生故事》。爱迪生1931年去世，此书1934年出版，是一部爱迪生同时代人的作品。这样就一点点把这份手迹的历史的分量巩固起来了。

我屋角的黑皮箱子真的有点神奇呢。

扁担

自从2013年，我书房的门后立着一根扁担。这扁担是泰山挑山工的扁担。

我与泰山和挑山工渊源太深。这源自泰山在母亲的山东老家。我自觉血液里有齐鲁的因子。半个多世纪间我先后五次登岱，后来将这几次登山的缘由、经历和众多感受深切的细节，都写在一篇长长的散文《五次登岱纪事》中了。然而，没想到另一篇写自1981年的散文《挑山工》却将我与泰山——这座国山紧紧牵连起来，并使我愈来愈牵挂进入现代社会后日渐减少的挑山工。于是在2013年，我七十一岁了，再一次登岱，探询挑山工的现状。对几位挑山工做了口述史，还探访他们在山中的驻地。

给我深刻印象的是，挑山工作为古老的生存方式，艰苦而近于残酷，势必消亡。他们的意志匪夷所思，他们的境况也匪夷所思。尽管当今山中的经济运转依然离不开人工搬运，但是，当我探访了他

们驻地的生活现实之后，更加相信，一个人对这样的劳作的选择仍是穷困所迫。这恐怕是挑山工这个古老和原始的行业后继无人的真正缘故。

为此，我写了一本书《泰山挑山工纪事》，把此次探访的见闻、口述实录和现场拍摄的照片，再附上一次相关的历史图文，出版了。

此次由山上下来，一位被我做过口述的老挑

山工与我作别。他叫宋庆明，小我一岁，济南长清区万德镇房家庄人，一生中做了三十六年挑山工。前几年挑不动了，告老还乡。他个子很矮，纯朴寡言，挑山工很少能言善道，因为他们肩挑百斤重物，全凭气力，一心登山，不能说话，一生这样下来，养成了缄默的性情。他知我为他们写过《挑山工》一文，一个谢字没说，却把他用了一生的扁担赠给了我。我接过扁担时浑身发烫，不知该说什么，我知道此物相赠的分量。挑山扁担，情重于山。

这扁担比我还高，洋槐木的，用了太久，只剩下缕缕木筋，并在几十年里给肩膀和胳膊磨得光溜溜。扁担两端包铁，前端是尖。山民的扁担常常要用来担柴，有尖才能插进捆得结实的柴枝中，再挑起来。扁担中间绕着一条粗麻绳和用来扎绳的天然的圈状的木杈。这便是挑山工用来与大山和生活的贫困搏斗的全部装备了。

现在它就立在我书房门后的一角，默不作声，一如那位矮小缄默的挑山工。在他生命的三十六年里，天天担着一百多斤的重物，一步步登着石阶，总共六千八百一十一磴，直到天顶，然后默默下来，转天再上去，整整一辈子。

我能帮助他们什么？

杂书与字纸

书房顺其主人，各有风格与性情。

我兴趣多，书杂。我怀旧，旧书多。不同时代出版的书，带着不同时期的精神所好、审美、风韵和记忆。这就使我的书房驳杂又丰盈。不单单是书，还有一张张昔时字纸，收藏界叫作"纸杂文献"，比方广告、帖子、戏单、契约、告示、便笺、符纸、折子、老报纸，等等，只要内容特别，风格殊异，我全有兴趣。因使书房内一堆堆书籍和资料中间"夹金裹银"，到处都有"宝贝"。我家里的人从不动我的书房。

小说家都是杂家。写小说的人兴趣无所不在。书房里都少不了杂书和"纸杂文献"。其实这些东西未必直接有用。比方我有一张清末手抄的传单，揭露洋人用迷魂药拐骗孩子。这传单的内容在"火烧望海楼教堂事件"那个时期，在社会流传甚广。其中内容与话语都十分生动，与我的《单筒望远

男練義和團
女練紅燈照
欣倒電綫桿
扒了火車道
燒了毛子樓
滅了耶蘇教
殺了東洋鬼
再跟大清鬧

男練義和團
女練紅燈照
欣倒電綫桿
扒了火車道
燒了毛子樓
滅了耶蘇教
殺了東洋鬼
再跟大清鬧

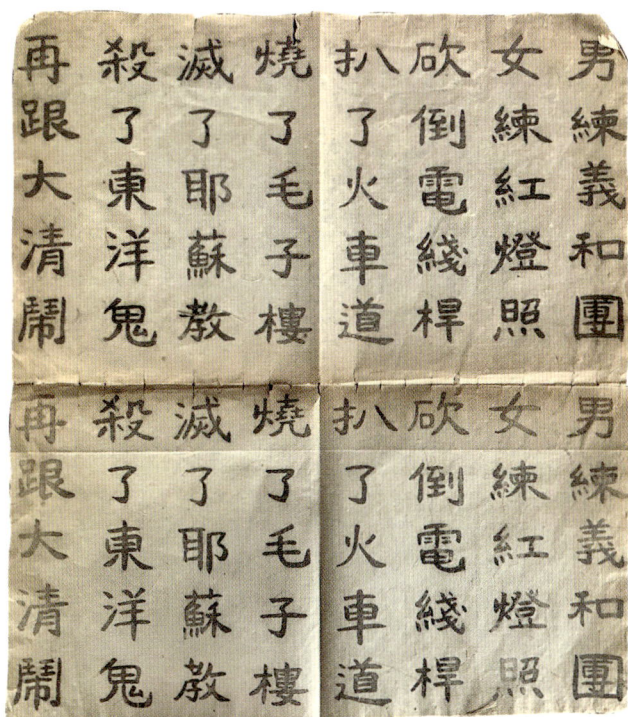

义和团石印的揭帖原件

镜》非常契合，但我写这小说时却很难直接用上。小说是独自的生命，无法与实际的材料拼接。但在这张传单上强烈表现出的当时中西的隔膜与恶性的猜疑，却加强了我小说特有的氛围和对那个时代历史真实性的把握。

再比如我得到一本关于庙中僧人剃发术的手抄本。其中许多知识细节我不曾知道，极有趣，如果我得到此书在写《神鞭》之前，肯定有用。这样的例子举不胜举。这样的杂书到处可见。

我有几处可以买到这类杂书的地方。我的好友俄罗斯学者、汉学家李福清先生，是我许多俄文版小说的译者。早期的俄国汉学家不是书斋式的，只见书不见人，隔空作业。从阿理克到李福清都喜欢扎进中国的民间，深谙中国社会皱褶里浓郁的文化气息与生活气息。这使得他们深深爱上中国的民间文化，也着迷一般收集民间的版画与杂书。一次，我带李福清到沈阳道附近一个书贩子家中。这书贩子是很底层的贩子。他们时常带着几个旧麻袋，下到乡间收购旧书本。所去之处，多是河北、山东、山西和河南一带，偶尔也串到关外，从一个村走到另一个村。别看他收罗的对象多是农人，收到的旧书却都流传得很久，常有珍奇孤绝夹藏其间。老东西的传衍总是离奇莫测。

那天，李福清随我钻进这书贩子的矮屋，当书贩子把半麻袋书倒在地上时，李福清的眼里竟然闪

出一种有点贪婪的光。我粗粗一翻，有木版或石印的
小说、戏本、拳谱、风水书、符咒，以及民国期间山
东地区教会的宣传品。我与李福清各挑各的，每有共
同喜欢的书，我都会让给他，因为他很难到这种地方
来淘书。那天我选中的书大约是四本。一是唱本《绘
图五毒传》，清末石印；一是占卜书《玉匣记》，光
绪年印；一是小说《秦英征西传》，木版，有图；再
一本是《刘二姐逛庙拴娃娃》，很薄的唱本，只有几
页，却都是天津乡土的事。这类唱本我收集了一些，
很鲜见，故亦珍贵。李福清买的大多是小说和戏本。
还有一本说书人手抄的唱本，他喜欢异常。

我也有一本手抄的唱本，很厚的大本子，小小的
墨笔字写得满满。据说曾为成兆才（东来顺）所用。
内有小戏、鼓词、莲花落、绕口令、快板书、笑话、
吉祥话、歌谣等数十段。内容极丰富，至今尚未整
理。

最有魅力的书房是大量的书还没有读过。日久天
长，还有许多好东西忘了，藏龙卧虎夹杂其中。哪天
忽然翻出来，再度相遇，如获至宝，惊喜异常。

手抄本

这里所说的抄本，非我所藏古书的抄本，而是别人对我所著书籍或文章的抄本。曾有一位南京和一位北京的读者，都热心手抄了我多部散文与小说，使我感动，却无以报答。

然而，任步武先生手书《绘图金莲传》，却是这种抄本中一个例外。

任先生是当代书法大家，文怀沙先生的弟子。陕西大荔人，比我年长九岁。名步武，字奔先。"奔先"是文怀沙给他起的字号。文怀沙曾给范曾起的是"十翼"，为我起的是"喷鸣"。"喷鸣"二字出自《战国策》之"骥于是俯而喷，仰而鸣，声达于天，若出金石之声者，何也？彼见伯乐之知己也"。

三十年前老人家读过我的小说《三寸金莲》，心里喜欢，便请任步武先生手抄。这事叫我听后大惊，小说十万字，任先生是书法家，尤精小楷，怎

样才能抄就这样一大部书？谁料任先生读过小说，欣然要做，而且态度极认真，还先抄写了几页，邮寄给我，问我是否满意。任先生是谦谦君子，待人谦敬至诚，这却叫我只有受宠之感。

他的小楷典雅娟秀，庄重隽永，韵致醇厚。乃是我见到的当世最好的小楷。他真能把《三寸金莲》抄成一部书法巨作？这需要多长的时间和何等的意志与精力！

任先生写此书前，准备甚充分，对所用毛笔、纸张和墨，都选得苛刻。十万字写起来，中途不能更换。先生家住陕西宝鸡，每日写字之前，便在院中散步，直到气定神和，便回到书斋提笔抄写。上下午各写一小时，二百余字，每天只写四五百字，以保证每个字都精饱神足，直到写到每天最后一个字，沉稳住笔，转天又在相同的感觉中起笔，以使隔日的字行气不断。书成之后，我认真地看，长长十万字，竟找不到一点行气不畅之处。洋洋十万精雅小楷，竟如一气呵成。精者难巨，巨者难精，精巨兼得，谁能为之？

　　步武先生抄此全书，用时八个岁月。始于冬，终于秋，历经四季。西北天燥，锋毫易干；暑热冬炉，砚墨易稠，都要设法克服。而且炎威盛夏，背心短裤；凛冽寒冬，脚着棉靴，身穿棉衣，惟脱却右臂衣袖，以利运笔自如。其时其态，何等迷人！

转年深秋，步武先生携此一箱抄稿到京，在文怀沙先生的寓所里展开。浩荡十万字，竟如一日书，由首至尾，笔调如一，行气流畅，延绵不断，有如长江大河，一泻千里，源自高山，放归大海。原来小楷也能造就如此浩大恣肆的奇观。我感慨地对步武先生说："这哪里是我的《三寸金莲》，分明是你的《三寸金莲》！"

　　他一听，脸色赤红，举着双手向我使劲地摇。

　　我说的是真心话。我的《三寸金莲》有幸成为他这部书法巨作的载体。

　　这部手抄《三寸金莲》于2001年在香港新风出版社出版，另名《绘图金莲传》。文怀沙先生作序，画家王美芳和赵国经作插图。影印线装，一函五册，限量一千。我得到百套，馈赠友人之外，尚存极少，乃是我书房"心居"中藏本之一珍贵的另类。

书房的革命

书房自古而今，绝非一成不变。古代的书房肯定经历过一次重大的革命，那是在人类发明造纸之后，纸的应用必定给书房带来过一次全新的变化，书写工具全部更新。自始，文字开始写在纸上，文雅的纸本线装的书籍也开始出现。

然而，近百年来书房的革命就更剧烈、更全面、更深刻，一如改天换地一般了。

这一百年，书房的革命共有两次。

一次是"五四"时代。这次书房革命的背景既是西方强势介入，西风东渐，也是国人自我的革新。这一次，写作的文体，由文言变为白话文。书写的工具，毛笔换成钢笔；纸张自然不能再用宣纸；写作的方式也变了，竖写改为横写，写字时从右到左改为从左到右。同时，印刷工具也变了，由木版刻印改为石印，再变为胶印。洋装的书渐渐替代了线装的书。这样一来，书架的样式和放书的方

式也完全发生了改变。

山水树石不同，景象为之一新。

这种革命不是一夜之间完成的，而是一样一样经过由尝试到习惯的过程，书房才渐渐地改天换地。从胡适、鲁迅、茅盾、冰心早期的书信和手稿看，虽然他们的毛笔字写得都很好，但已经换用了钢笔，可是有趣的是，他们的钢笔字往往还是一如既往地由右向左地竖写。那个时代，出版社和报社编辑接到的手稿，形式新旧不一，有毛笔写的，也有钢笔字的，有竖写也有横写的，这样"二八月乱穿衣"的情况一直延续到二十世纪的五十年代，才渐渐统一。第一次书房革命也就基本结束。

第二次书房革命是在近二十年。这次革命的背景是高科技的飞速发展。电脑写作涌入书房，新一代写作人突然没有纸质的手稿。一二十年前许多书房刚刚置办了复印机、传真机、碎纸机。很快就用不上了。高科技使电脑愈来愈无所不能。作家给编辑家投稿再不用跑到邮局去邮寄，按一下"发送"键即可。在电脑时代，书房的信件明显少了。读者也不再写信，而是化为网友在关于你的消息后边留言，自然也没了深度交流。无论是点赞还是吐槽，都带着某些消费特征。电脑使写作快捷方便，并成倍地提速。这种提速会不会使书房成了办公房，异化了书房生活的韵致？于是，往日文人琴棋书画的悠闲渐渐化为一种怀旧的内容。这也是《浮生六记》为什么忽然热起来的缘故。

我们一代作家，最早使用电脑是八十年代。王蒙曾约我到他当时住在南小街的家中，看他率先涉入并洋洋得意地运用电脑写作。那天，他现场用电脑打了一句玩笑话给我："欢迎冯骥才同志来我家指导工作。"

我却直到今天，书房里仍无电脑。我只是有时在iPad上指写一下而已，改稿仍在纸上。对电脑仍一窍不通。朋友笑我是固执，是不剪辫子的前朝遗老。我的理由是：我喜好用笔写字的感觉。我是画画出身，汉字象形，书写时有美感，写字时大小随意，挥洒自由。别人说我这话强词夺理，我不用电脑，主要是怕学电脑。我正想办法为自己申辩，忽然听说平凹和莫言也还用手写，心想这就对了，这也是他们为什么偏爱书法的缘故。

汉字的书写之美，使我拒绝了电脑写作。

但我相信，我这个理由到了下一代就不会存在了，因为下一代人一入学就开始使用电脑。当然，他们在手写汉字上肯定要出现问题，甚至连自己的姓名也写不好。

我们这一代就像"五四"那一代，欢迎新事物，自己却不一定习惯。这是跨时代的人身上特有的进退两难的文化现象与尴尬。但是，不管怎样，这时代很快过去，用不了十几年，这一次由电脑写作领头的书房革命就会彻底完成。

那么下一次书房革命是在什么时候？将会是怎样一场革命？不知道，人类一旦进入高科技的快车道就不能自已了。我们现在的书房可能是数十年后的旅游景点。

流血的双鹰

我书房外连廊两个相对屋角的上方，各有一只苍鹰的标本。双鹰姿态相异，神情却彼此凝视。每每看到它们，我的心理有点复杂。

八十年代中期，我的小说读者很多，一位由齐齐哈尔通往关内长途列车的车长小洪，不仅是我热心的读者，还是他那边一对热爱文学的青年情侣与我中间的联系人。那对情侣是猎手，枪法极好，狩猎为生，终日出没于大兴安岭的群山之中。他们有时一连多日住在山上，有时会烦闷，常带些小说看，我的书便是他们的精神食粮。我不曾与他们见过面。他们经常托小洪途经天津时，向我讨书，还捎点野味给我。这些"野味"通常都是带着皮毛的飞禽走兽，身上还有被猎枪击中后的血迹，有点吓人。我对这些猎物大多不知其名，但它们的羽毛大多十分美丽。我有一个朋友在自然博物馆专事动物标本的制作，从他口中得知这些动物的称呼。

这叫野雉、松鸡，那叫飞龙、雪兔，等等。一次，他说：你这只野雉很漂亮，羽毛颜色如此丰富十分少见，我拿去给你做个标本吧。他拿去两个月后送来。好像把一只活生生、五光十色的雉鸡放在我书桌上，美艳夺目，神态生动，叫我惊喜，当然我也被这朋友制作标本的技艺征服了。这便促使我对小洪说："别再送什么'野味'给我了，我也吃不习惯，如果打到什么好看或奇特的鸟儿，给我留一只就行了。"

我有了用珍禽异兽来装点自己房间的兴趣。说实话，那时完全没有动物保护意识。

几个月后天凉时，小洪打电话给我，说那对青年猎人打到一只大雕，当地叫"坐山雕"，要送给我。他的列车下个月初经过天津时，他会带来。他还说这只坐山雕非常大，两翼展开将近两米，脑袋像小孩的头一般大，这些描述使我充满期待。我想，如果制成一只展翅飞翔的大雕，放在屋角的柜顶上，一定神奇又惊人！但几天过后小洪来电话说，大雕没了！原因是兴安岭突降大雪，那对情侣被大雪封在山洞里，没东西吃，只能把那只坐山雕吃了。小洪在电话里气得直叫："我骂他们不仗义，我说我都跟冯老师说好了，这叫我怎么做人？"东北人就是这么爽直、义气。

据说第二天，这对猎人就扛着枪进山了。

一个月后，小洪提着一个麻袋走进我家，笑嘻嘻地对我说："人家将功折罪，送这对鹞子给你。我看很棒，难得一雌一雄，还是原对的，你看看喜欢不？"

他说着把麻袋一翻，咕咚一响，像两块砖头掉出来，是两只死鹰！死后的鹰冻得结实，又硬又重。再瞧这对鹰，完全看不出猛禽的模样，耸肩缩头，僵直的腿直往前伸，抽缩着爪子，一只鹰胸前的羽毛染了一大块黑红的血迹，可以想见它们被猎杀时的恐怖。待小洪讲起它们被猎杀的经过，更是惊心动魄。这个经过是我绝对想象不到的——

那天，情侣猎人在山半腰一块林间的阔地上狩猎。两人之间保持几十米的距离。男猎人站在平地上，女猎人登上一块山崖顶端突兀出来的岩石。她视野开阔，发现一只鹞鹰，举枪便打，那鹰应声落下。她没有想到，这鹞鹰竟是一对。她打下的是雄的，雌鹰一定要来拼命。此时，藏身在身后林间的雌鹰已经朝她扑来。她发现雌鹰时，虽尽力躲避，还是叫雌鹰的利爪抓到了她的腿，她用力一挣，掉一块肉。但是没有等到雌鹰飞去，那边的男猎人手中的枪响了，正中雌鹰的胸膛！

这雌鹰就是地上胸脯染着一大块血迹的一只。

惨烈的形象，悲壮的故事。一对情侣猎人和一双同样是情侣的鹞鹰生死相搏。不管谁死谁活，都是为了爱和复仇。当然更无辜和更勇敢的还是这一对鹰，特别是这只舍命相拼的雌鹰——为了爱而付出了自己。还有比为爱而死更令人尊敬的吗？然而，这种事居然发生在这一对鹰的身上！

我忽然想，这一切都因为我吗？不管我怎样安慰自己，为自己解释和开脱，这一切毕竟都缘于我。是为了满足我的需要而剥夺了它们的生命，还使那位女猎人负伤。

为此，我更要把这对鹰交给我那位擅长制作动物标本的朋友，并给他讲了这对鹰匪夷所思的壮烈又悲情的故事，讲了我心中的歉疚。这朋友沉吟一下，对我说："我明白你的意思了。"

现在，在连廊西边屋角上方的是雄鹰，它傲然而立，英姿飒爽，这是雌鹰眼里的雄鹰；在东边屋角上方的是雌鹰，它正扇动双翼，从高高的树杈上腾身而起，迅猛扑来，这正是在它看到自己的伴侣遇难的一刻，它目露凶光，杀气飞扬，充溢着决死复仇的激情。

这对鹰复原了我未曾见到的现场。那震撼人心的场面。那神话般的一瞬。

二十多年来，它们一直在我的连廊上，不是作为装饰——它们还在流血，并提醒我：无意的伤害也是一种罪过。

唐罐

那年，去宝鸡考察民艺。途经西安，与平凹一聚。这一天，正赶上平凹获茅盾文学奖，人逢喜事精神爽，喝酒吃肉，交谈甚欢。我们没有讨论文学，所说全是书画古物。古人说得对：开口必言诗，定知非诗人。整天写得很累，反而想说点别的。再说平凹与我，都着迷于书画文玩，平日心得颇多，说来兴致则高。饭后，他邀我和妻子同昭去他家的书房，看看他的收藏，我们自然欣然愿往，遂去了。

爬上他那座楼的楼上，便是他的书斋。这地方也只是个书斋，没有卧室。满屋除去书，便是古物。应是他爬格子、玩古董的地方。这很不错，写累了，玩玩古董，也是我爱做的事。

西安是十多个王朝之都，其中又有大汉大唐，地下的好东西挖不尽，地上的好东西堆成山，其中一些堆在他这里，因为他喜欢。他喜欢神像、异兽、奇石、怪木，这些东西未必价值连城，他也不会叫那些镶金嵌玉的俗物进入他的书斋。于是，种种老东西便带着各自的美与灵气，神头鬼脸地挤满他的书斋，把他的书桌密密实实地围着。

我和他边看边议。我忽对他说："我曾对你说，你送给李陀一个汉代的陶仓，挺不错，你也得送我一件。你当时还说：我家的罐子任你选一件，只能一件。这话今天还算数吗？"我的话多半是逗笑。

　　谁料他分外认真地说："你选一件吧，哪一件都行。"他说得很大方。

　　这一来，反叫我不好挑选，平凹叫我妻子选。我妻子是单纯的人，居然一指那边一个柜子说："我喜欢柜子里边那个彩陶罐。"

　　我吓了一跳。他这书斋三面靠墙全是柜子，里边塞满各式陶罐，多是汉罐，只有一个彩绘的陶罐，怎么叫她看到了？其实我刚刚也看到了。颜色挺鲜亮，应是大唐。我虽然没有细瞧，却知道是件不错的东西。妻子是画画出身，当然有审美的品位。可是她这一指，一说，我看到平凹的神情出现一个停顿。我当时并不知道这罐子究竟有多好，接着打趣说："你们瞧，平凹脸色都变了。"

　　同来的朋友们听了都笑起来，要看平凹有多大方。平凹拉开柜子的玻璃门，缓缓取出这唐罐，用手轻轻抚了抚，好似要把他的孩子托付给我，然后拿到书桌前，在罐子的下沿写了一圈字：

"送大冯同昭留念，戊子平凹。"

他把罐子给我与妻子。大家看着我们之间一赠一收，都笑着，还用手机拍照。可这时我明白了，这唐罐在平凹眼里绝非一般。倘若只是寻常的馈赠，他不会题字。他如此郑重题字，正说明这罐子是他心中之所爱。

这反而叫我于心不忍。原以为讨一件好玩的东西，高兴一下，却无异于入室掠夺了。我对他说："我要送你一件石造像。"

待回到天津，把这唐罐摆在桌上仔细一瞧，真是典型的盛唐！器形膨亨，图像饱满，牡丹花开，祥云缭绕，大气自由，特别是罐上的朱砂石绿——敦煌唐代壁画所用就是这种颜色，虽然历经千年，色艳犹然光鲜。这样彩绘的唐罐很少能够看见。再想起他当时慢腾腾从柜中取出这罐子的神气，那时他是不是有点依依不舍？但究竟他把这罐子给了我。朋友的厚道与慷慨也在这不言之中了。

后来，有人要用一个北魏的佛碑与我换画。我看这佛碑甚好，待换到手后，便对学院的工作人员说："不要放进博物馆，留起来，等将来贾平凹来玩时，我要送他。"

三老道喜图

八十年代初，初入政协时，文艺界委员多是老者。比如贺绿汀、张君秋、李可染、李苦禅、沙汀、冯牧、阳翰笙、萧军、李焕之、胡风、林散之、张乐平，等等。其中三位老人很要好，总在一起，便是吴祖光、黄苗子和丁聪。我读过吴祖光的书，喜欢丁聪的漫画；当年习画时，从黄苗子关于国画的史论中受益良多，所以与他们谈得来。

一天午餐后，黄苗子对我说："你要是不睡午觉就到小丁（小丁是丁聪的自称，也是别人对他的爱称）房间来，小丁从家里带来了笔墨，咱们一起画画。"我听了很高兴，随即去到丁聪的房间里。桌上已摆上了纸笔墨砚。三老叫我先画，我礼当承命，画了一小幅山水，用的是我擅长的宋人北宗的笔法。我作画时，三老边看边评议。他们是长辈，自然还不时对我夸赞几句。

可能由于我这一画，把丁聪的画瘾勾起来了。

他说："我画什么呢？我给大冯画张像吧。"跟着就在桌上铺了一张宣纸，用镇尺压好纸边。

"大冯"也一直是文坛上无论老少对我的昵称。

我很高兴，在他身边坐端正了。丁聪笑道："你甭像照相那样，自管随便说笑，我有时能看你一两眼就行了。"

黄苗子最爱与丁聪打趣，他说："他看你一两眼也都是做做样子，不然算什么画像呢。其实他背着你一样画。"

丁聪笑道："像不像就不好说了。"

黄苗子的话不假，丁聪好像只瞅了我两三眼。当我忍不住瞅一眼他笔下的我时，真棒，一看就是我！

他画画不起稿，下笔自如又自信，线条清晰又肯定，一笔画过，决不修正。然而我的特征：缭乱的头发，肥厚的嘴唇，八字眉，下巴上刮不净的胡楂，总是带点疲倦的眼神，还有那时刚刚出现的眼袋……全

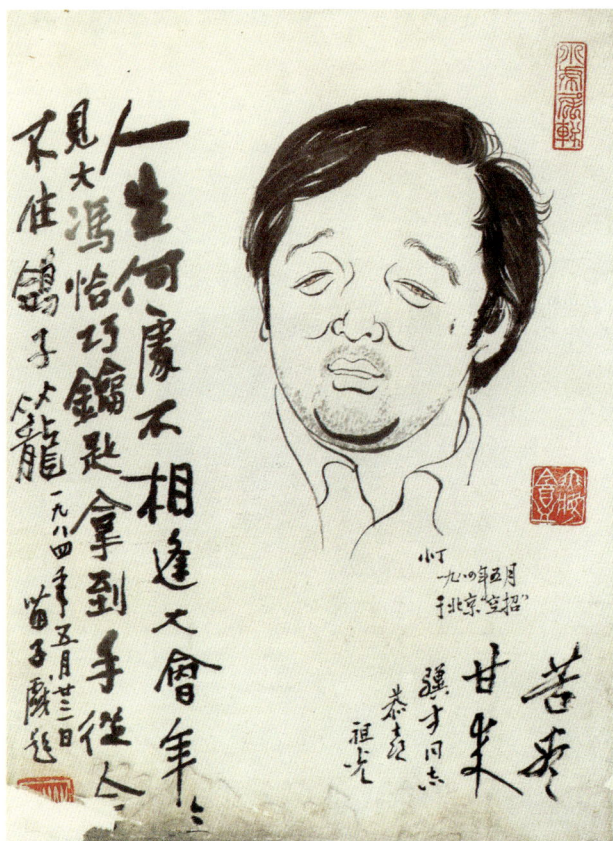

人生何處不相逢，大會年年見大馮，恰巧鑰匙拿到手，從今不住籠子大龍。

一九八四年五月廿三日丁聰子廬廷

小丁一九八○年五月于北京"空招"

苦茶甘來

彊予同志恭賀
祖光

叫他抓住了。而这里边，隐隐还藏着他特有的"丁氏的调侃"，他的幽默，他的机智。他很快画成，大家都称好。小丁便署款署名。

就在这时，张贤亮穿着拖鞋跑进来找我。会议上，张贤亮与我同屋，我俩住丁聪房间的下一层。贤亮说我妻子同昭来电话，叫我快去接。还告诉我，我妻子说我家的住房领导批下来了！

哎哟，这可是天大喜讯。

我自地震后一直住在楼顶上半临建式的小破屋里，困难重重，受尽苦楚，自不必说。那时住房由国家分配，为了请求领导帮助解决，跑了几年，快把鞋底磨出窟窿来。这事谁都知道。当三老听说我这"天降之喜"，竟然高兴得鼓起掌来。我在掌声中一蹿而起，跑出去，等不及电梯，从楼梯连蹦带跳地下去，回屋抓起电话，听着妻子讲述这大喜之事的全过程，脑袋兴奋得发涨，什么内容都没听清，只觉得妻子的声音在话筒里发光。

待我再次进到丁聪的房间，除去三老三张可爱的笑脸相迎，还有一幅画放在床上，正是丁聪为我画的像。上边还多了吴祖光和黄苗子的题句。吴祖光写的是"苦尽甘来"。吴祖光为人耿介爽直，口无遮拦，言尽心声。这四个字既是对我的祝愿，也是当时人们对生活的一种深切的期望。黄苗子则是轻松快活地道出了此时此景此情：

人生何处不相逢，

大会年年见大冯。

恰巧钥匙拿到手，

从今不住鸽子笼。

没想到这原本是一张画像，现在变成了"道喜图"！

这幅画一直挂在我书房外边的墙上。三十年过去，三老都不在了，但画还在，人间的情意依然还在人间，历史则被这些笔墨记下。

在我的书架上有一本另类的书，书名叫作《津门乡土三论俗解》。这是我为已故好友张仲先生编印的书。张仲辞世多年，此书他生前未曾面世。我来编印这本书，为了纪念他，也为了存录他独有的知识。

张仲是一位出色的民俗专家。民俗专家分为两种：一种是以系统的民俗学理论支撑做研究的学者，一种是地方通。后一种很少洋洋巨著及大块文章，却对他生活其中的一方水土——大到人文地理，小到衣食住行，再到地方专有的各种各样的细小事物，无所不知，无所不通，通到极致。

张仲是天津的地方通。他前一辈较出名的地方通是王翁如先生和陆辛农先生。我年轻时认识这两位老先生，陆先生个子矮矮，兴趣颇多，还擅画写生花卉。这几位天津通共同的特点是都对自己的城市十分挚爱，无不关切，又博闻强记，故能知人所

津门三论俗解

不知。他们都称得上是天津城市的活辞典。然而，地方通的学识都只是在自己家乡的范围内，这种学识庞杂无序，没有知识体系，很难写成书。所以他们多是述而不作，偶遇一事，便写些豆腐块文章，见诸报端。他们肚子里的历史信息是海量的，却如一盘散珠，无法串连一起。我曾对张仲说：你的知识只有用辞典方式才好整理出来。但我说这话时，他已年过花甲，精力不逮——编辞典是个既耗时又耗费精力的大工程。

可是，如果不诉诸文字，他那一大宗珍贵的知识如何保存？

一次，我与张仲聊起本地一本独特的小书《天津地理买卖杂字》。这本书以数来宝的方式，将天津本土著名的地名、人名、买卖的店名，编成韵文，念起来如唱歌谣，还带着天津人特有的幽默，十分有趣。张仲对这些地名、人名、店名，无不通晓，而且知之甚详，全能讲得鲜活生动，自然全是不能忽略的乡土记忆。我灵机一动：为什么不请他对书中所有的"杂字"（地名、人名、店名）一一注解？这样，不就有了一根绳儿，把他腹中的珠子全穿起来了吗？

　　张仲很认可这个主意。于是他就开始作《天津地理买卖杂字俗解》了。俗解就是注解。他作得蛮有兴致。

　　天津有一个独特的文化现象，喜欢以韵文方式，将本地人们熟知的地方掌故与风土人情编成歌谣般的文本，口口传唱。特别是到了清末民初，城市高速发展，市民阶层壮大，随之而来的市井文化空前繁荣，地域特色也愈加鲜明。曲艺说唱成了人们的最爱，杂字这种文本便顺理成章地流行起来。比如《天津论》《天津过年歌》《八年苦》《城隍会论》《皇会论》《混混论》，等等。在市井文化中，"论"字并不高深，就是"说道说道"的意思。这种文本的内容，都为人们喜闻乐见，津津乐道；形式又十分活泼，节拍明快，合辙押韵，朗朗上口。故而，此类文本津地颇多，因使张仲"俗解"起来，资源富足。就这样，他长年积累的杂学便被一批批调动出来。这使我十分高兴。

可是不久，社会上民俗和民间文化渐渐热起来，来找他咨询、演讲、出席各类活动的事情多了，致使他作过《天津地理买卖杂字》《天津论》《城隍会论》三论之后，便搁了下来。我最希望他作的另外三论——《皇会论》《天津过年歌》和《混混论》，直到他去世也未完成。我知道在这些方面，他肚子里还有大量绚烂的知识，被他带到天国去了。

活着未能完成的都是历史的遗憾。

在他辞世三周年之时，我约一位朋友魏新生——也是张仲生前好友，将他一直未能出版的"三论俗解"的书稿整理出来，印成书。我还写了一篇序文《了一个心愿》。为了怀念老友，也为了给自己的城市存录一些珍贵和有价值的历史记忆。

自进入了新世纪，我的书房就有了变化，时不时搬进了汽车或飞机里。这由于，我开始全力来推动对大地上濒危的民间文化的抢救了。我必须离开书房，到各地去。抢救工作从来都是在田野一线。

可是，我怎么可能完全中断写作？如果忽然冒出了一个奇特鲜活的灵感、一种难捺的写作欲怎么办？特别是在长途奔波的车上、飞机上，没有书桌，也不能写作，怎么办？渐渐我被逼出来一个办法——带上一个小号的iPad。用它很方便，不用笔，只用手指来写，还能修改，十分自如。于是我感受到乔布斯对我的写作有如神助。反过来说，如果没有乔布斯这个发明，我很多散文、随笔、理论文字，是绝不会有的。近二十年，我不少文字都是在车上、飞机上写的。

由此，我每每出门远行，必带iPad。一次忘了带它，那感觉竟如失掉了一半的自己。我还慢慢体会到它另一层意义：再不会失去那些长途奔波中耗费掉的时光。既然人的生命以时间为载体，就不能叫时间空空流失。

如果我在一次长长的路途中，完成一篇文章，下车之时，就会有一种特别的满足感。这种感觉好极了。故我称iPad是我流动的书桌，汽车和飞机是我移动的书房。

戊戌年（2018）我在甘肃张掖参加非虚构文学研讨会。上午演讲累了，下午与会的人都去参观马蹄寺。我没力气去，便倚在旅店的床板上歇憩。不久，恍惚间，忽然一棵巨大的老槐树荫蔽下的老宅院像画一样浮现出来，它古老文明的积淀与蕴含的沉静幽雅的气息，带着槐香散发出来，叫我那么深切地感受到了，并感动起来。没想到，那长久以来沉睡在我心中的一部小说《单筒望远镜》，居然一瞬间神奇地苏醒了。我情不自禁，抓过身边的iPad就开始写起来，而且完全忘了时间，等到大家从马蹄寺游览归来，敲门声把我从小说里召唤出来，我已经写了几千字。

从那一刻起，我就进入了这部长篇的写作。我的手指似乎一直没有离开iPad。在整个写作的过程中，

我不一定在书房，但无论我在哪个房间，"移动的书桌"一直紧跟着我，直到两个月后小说完成。

我的书房书桌，已经不再是传统意义的书房书桌了吧？

不不，应该说，它们仅仅是我的书房和书桌的一种延伸，也是一种开创。写作是心之欲，iPad是心之具。我的"心居"，仍是我心之所居。一切往日情景，今日依然都在。

或曰：今日之枝，乃出于往日之木也。

图书在版编目（CIP）数据

书房一世界 / 冯骥才著. -- 北京：作家出版社，2020. 7
ISBN 978-7-5212-1004-0

Ⅰ. ①书… Ⅱ. ①冯… Ⅲ. ①随笔 - 作品集 - 中国 - 当
代 Ⅳ. ①I267.1

中国版本图书馆CIP数据核字（2020）第099453号

书房一世界

作　　者：冯骥才
责任编辑：钱　英　杨新月
装帧设计：合和工作室
出版发行：作家出版社有限公司
社　　址：北京农展馆南里10号　　邮　　编：100125
电话传真：86-10-65067186（发行中心及邮购部）
　　　　　86-10-65004079（总编室）
E-mail:zuojia@zuojia.net.cn
http://www.zuojiachubanshe.com
印　　刷：北京盛通印刷股份有限公司
成品尺寸：146×212
字　　数：145千
印　　张：7.875
印　　数：001-20000
版　　次：2020年7月第1版
印　　次：2020年7月第1次印刷
ISBN　978-7-5212-1004-0
定　　价：48.00元